Carry Slee

Starr vor Angst

Aus dem Niederländischen
von Birgit van der Avoort

Arena

In neuer Rechtschreibung

1. Auflage als Arena-Taschenbuch 2007
Lizenzausgabe des Erika Klopp Verlags, Hamburg
© Erika Klopp Verlag, Hamburg 2003
Umschlaggestaltung: Frauke Schneider unter Verwendung
eines Fotos von Denis Felix © gettyimages
Umschlagtypografie: knaus. büro für konzeptionelle
und visuelle identitäten, Würzburg
Gesamtherstellung: Westermann Druck Zwickau GmbH
ISSN 0518-4002
ISBN 978-3-401-02722-7

www.arena-verlag.de

1 Schon beim Einbiegen in die Einfahrt sah Sander Maarten und Chris auf dem Zaun sitzen. Insgeheim musste Sander sich eingestehen, dass er sich nicht besonders freute, seine Freunde zu sehen. Das war auch kein Wunder, denn in letzter Zeit kamen sie immer häufiger halb angetrunken vorbei und schütteten sich über allen möglichen Blödsinn aus vor Lachen. Sander kam sich dann ziemlich überflüssig vor. Auch jetzt konnte er die Bierfahne schon aus einem Meter Abstand riechen.

»He, wir haben schon gedacht, du kämst gar nicht mehr«, sagte Maarten.

»Ich hab überlebt.« Sander fischte seine Schlüssel aus der Hosentasche.

»Du willst uns doch nicht erzählen, dass du müde bist?«, zog Chris ihn auf. »Du konntest doch den ganzen Tag schlafen.«
Sander hatte keine Ahnung, wie es bei Maarten und Chris in der Schule ablief, aber in seiner Klasse konnte man nun wirklich nicht schlafen. Frau Kagers schrille Stimme klang ihm immer noch in den Ohren. Er hatte gerade eine Doppelstunde Geschichte hinter sich. So was müsste eigentlich verboten werden. Seine Hand war vom vielen Schreiben ganz lahm. »Ich werde euch kurz etwas diktieren«, hatte Frau Kager gemeint. Erst nach sechs Seiten durften sie ihre Füller wieder hinlegen.

Als sie im Haus waren, hielt Chris eine CD hoch. »Wir wollten dir was vorspielen.«

»He, ihr habt sie gekauft! Klasse! Die brenn ich mir.«
»Und was hältst du von der?« Maarten zog eine zweite CD aus seiner Jackentasche.
Sander schaute ihn mit offenem Mund an. »Woher habt ihr das ganze Geld?«
»Die waren umsonst«, erklärte Chris grinsend.
»Was?« Sander sah seine Freunde an. »Habt ihr sie geklaut?« Die Jungen nickten.
»Alle beide?«, wollte Sander wissen.
»Ja«, antwortete Maarten stolz.
Sander erschrak bei dem Gedanken, dass seine Freunde die CDs gestohlen hatten. Ein Musterknabe war er zwar auch nicht und früher hatten sie schon mal etwas geklaut. Aber im Supermarkt Süßigkeiten-Tüten aufreißen und abwechselnd etwas herausnehmen, war harmlos gewesen. Und jetzt gleich zwei CDs! Sander hielt trotzdem lieber seinen Mund. In letzter Zeit machten Maarten und Chris häufig Dinge, die ihm gar nicht behagten. Er konnte nicht jedes Mal herummeckern, damit vermieste er ihnen nur die Laune. Bestimmt ärgerten sich seine Freunde manchmal auch über ihn.
Eigentlich konnten sie nicht mehr viel miteinander anfangen. Das war Sander schon seit Längerem klar. Maarten und Chris wahrscheinlich auch. Aber auch sie wollten eine jahrelange Freundschaft nicht so einfach wegwerfen.
»Emil hat's raus!«, sagte Maarten. »Der steckt sich vor den Augen des Verkäufers einfach die CD in die Tasche.«
Sander konnte den Namen Emil nicht mehr hören. Wenn

Maarten und Chris andauernd von ihm redeten, musste der Typ wohl etwas ganz Besonderes sein.

Während die Musik laut dröhnte, goss Sander drei Gläser Cola ein.

»Hast du nichts Härteres?«, fragte Maarten. »Kleiner Scherz«, fügte er rasch hinzu, als er Sanders Gesicht sah.

»Der Song ist spitze«, bemerkte Chris.

»Du kannst ja dazu mit Fiona tanzen.« Maarten streckte Chris die Zunge aus.

»Hör mir auf mit dieser Zicke!« Chris tat, als müsse er sich übergeben.

»Zum Küssen war sie dir gut genug«, meinte Maarten.

»Na und. Mir war eben gerade nach Küssen. Aber nicht nach Fiona.«

Sander betrachtete seine Freunde, die anscheinend überhaupt keine Rücksicht auf die Gefühle anderer nahmen.

»Kannst du noch kurz die andere CD einlegen?«, fragte Maarten, als das Lied vorbei war.

»Immer mit der Ruhe«, sagte Sander. »Wir haben doch keine Eile.«

»Und ob«, antwortete Maarten. »Es steht noch was Schönes auf dem Programm.«

»Tut mir leid«, sagte Sander. »Ich kann nicht. Ich muss noch meine Hausaufgaben machen. Heute Abend steigt unsere Klassenfete.«

»Was willst du denn da?«, wollte Chris wissen. »So was Langweiliges!«

Sander sagte nichts. Er dachte nicht im Traum daran, zu

Hause zu bleiben. Schließlich hatte er heute Abend die einmalige Gelegenheit, mit Indra zu tanzen. Aber das erzählte er seinen Freunden besser nicht. Sie brauchten wirklich nicht wissen, dass er verliebt war. Früher hätte er es sofort erzählt, aber da hatten sie auch noch alles miteinander besprochen. In den Sommerferien hatten sie zusammen auf dem Hof von Sanders Onkel gecampt. Sander dachte gern daran zurück. Aber nach den Ferien, seit Maarten und Chris eine andere Schule besuchten, hatte sich etwas zwischen ihnen verändert.

Als das Lied zu Ende war, stellte Chris den CD-Player aus und steckte die CD ein.

»Geht ihr schon?«, fragte Sander erstaunt.

»Und du kommst mit«, sagte Maarten bestimmt. »Emil wartet auf uns.«

»Emil?«

Chris nickte. »Er ist um vier Uhr beim Einkaufszentrum. Wir gehen shoppen.«

»Dann lernst du ihn endlich kennen«, meinte Maarten.

Dazu hatte Sander überhaupt keine Lust, und durch das, was seine Freunde erzählten, war der Eindruck, den er von Emil hatte, nicht gerade positiv. Er glaubte nicht, dass er Emil mögen würde, aber er hielt lieber seinen Mund, sonst handelte er sich nur wieder Ärger ein. Und zu Recht. Er selbst konnte es ja auch nicht leiden, wenn jemand vorschnell urteilte. Schließlich hatte er Emil noch nie getroffen.

»Du findest ihn bestimmt irre«, sagte Maarten. »Wetten?«

»Jeder findet Emil irre«, fügte Chris hinzu.

»Ihr könnt schon vorgehen«, sagte Sander. »Ich komm nach. Ich mach erst meine Englisch-Aufgaben.« Er war sich sicher, dass Herr Bogard morgen sein Heft kontrollieren würde. Heute hatte er seine Hausaufgaben nicht vollständig gehabt und jetzt hatte Bogard ihn auf dem Kieker. Und wenn man zweimal die Hausaufgaben nicht dabeihatte, musste man schon morgens um acht Uhr da sein. Was Schlimmeres konnte es für Sander kaum geben. Es fiel ihm sowieso schon schwer genug, um Viertel vor neun in der Schule zu sein.

»Also gut, dann um vier. Abgemacht?«, sagte Maarten. »Wir warten auf dem Parkplatz hinter dem Supermarkt.«

»Ich bin da.«

Gerade als Sander mit den Hausaufgaben beginnen wollte, klingelte das Telefon. Bestimmt war es seine Mutter, die wieder vergessen hatte einzukaufen. Gestern hatte sie auch angerufen. »Sander, es gibt Sauerkraut, ich hab alles im Haus, nur kein Sauerkraut.« Und dann hatte er zum Supermarkt fahren müssen. Dazu hatte er jetzt wirklich keine Zeit. Doch als er den Hörer abnahm, war Tigo dran.

»Hallo, Sander, du kommst doch heute Abend auch?«

»Klar«, antwortete Sander.

»Du kannst gern mit uns fahren«, schlug Tigo vor.

Sander hatte eigentlich keine Lust mitzufahren, weil er sich dann nach Tigo richten musste, und das wollte er heute Abend wirklich nicht. Trotzdem ließ er sich von Tigo breitschlagen.

»Also dann, um acht Uhr holen wir dich ab. Bis später.«

Erst als Sander den Hörer auflegte, wurde ihm jäh klar, was das hieß. Die Fete fing um acht Uhr an. Tigo kam immer zu spät und wenn er acht Uhr sagte, kam er frühestens um Viertel nach acht. Bis sie da waren, würde es halb neun sein. Dann war alles schon in vollem Gange und Indra tanzte längst mit Tom oder Claas oder Oliver. Wie sollte er dann noch an sie herankommen? Warum hatte er nicht sofort gesagt, dass er nicht mitfahren wollte? Wenn er Tigo jetzt noch absagte, machte er sich völlig lächerlich. Was sollte er sagen? Dass er lieber mit dem Rad fuhr? Das glaubte ihm niemand. Draußen war es eiskalt und wahrscheinlich fing es auch noch an zu schneien. Sander lief im Zimmer auf und ab. Er war wütend auf sich selbst. Immer das Gleiche; er hatte sich wieder überrumpeln lassen. Klasse hingekriegt, jetzt konnte er Indra vergessen. Aber das wollte er auf keinen Fall. Sander hätte nicht gedacht, dass er sich traute, aber er nahm sein Adressbuch und wählte entschlossen Tigos Nummer.

»Hallo, Tigo. Ich kann leider doch nicht mitfahren. Aber danke fürs Angebot.« Es klang so bestimmt, dass Tigo gar nicht auf die Idee kam nachzufragen. Zufrieden legte Sander den Hörer auf. Na also, man musste nur sagen, was man wollte. So musste er es heute Abend auch anstellen. Selbstsicher auf Indra zugehen und fragen, ob sie mit ihm tanzen wollte. Dann würde sie auch nicht merken, wie seine Knie zitterten. Entschlossen schlug Sander sein Englischbuch auf. *The Party* stand über der Übung. Wirklich eine passende Überschrift! Sander dachte an heute Abend und sah Indra in Gedanken schon vor sich. Wenn er sich doch nur trauen würde, sie zu fragen. Diese Woche hatte er sie noch nicht angesprochen, da er ständig Angst gehabt hatte, dass ihm vor Nervosität seine Stimme versagte. Es brauchte nur jemand ihren Namen fallen lassen und schon bekam er einen feuerroten Kopf. Er hatte nicht gewusst, dass man so verliebt sein konnte. Er dachte an Chris, der ein Mädchen nur um des Küssens willen küsste. Wenn Indra ihn nun küsste und er ihr nichts weiter bedeutete? Dann würde er sich hinterher ganz schön hintergangen fühlen. Aber Indra würde so was nicht tun, da war er sich sicher. Wenn sie küsste, dann ... Schon bei dem Gedanken schmolz er dahin. Mit einem Mal dachte er: Wieso küssen? Zuerst einmal musste er dafür sorgen, dass sie mit ihm tanzen wollte. Claas kümmerte sich um die Musik, da ging bestimmt ganz schön die Post ab. Diese Chance durfte er sich nicht entgehen lassen.

Sander erschrak. Es war schon zehn vor vier und vor ihm lag noch immer ein Heft mit leeren Seiten. Ihm würde nichts anderes übrig bleiben, als morgen früh rechtzeitig aufzustehen. Nun ja, das war ihm egal. Morgen war ein neuer Tag. Er hatte mit Indra getanzt und nichts konnte ihn mehr aus der Bahn werfen.
Er nahm seine Jacke und machte sich auf den Weg zum verabredeten Treffpunkt. Als Sander ein paar Minuten später den Parkplatz am Einkaufszentrum erreichte, waren seine Freunde schon da. Ein großer blonder Junge hielt ihm eine Zigarette unter die Nase. »Willste auch eine?«

»Nein«, antwortete Sander, »ich hab aufgehört. Wurde mir zu teuer.«
»Es braucht nicht teuer zu sein«, sagte Emil lässig und zündete sich eine Zigarette an.
Maarten und Chris hätten sich ausschütten können vor Lachen.
»Achte nicht auf die beiden.« Emil grinste Sander an und plötzlich wusste Sander, warum seine Freunde von Emil so begeistert waren. Er hatte das gewisse Etwas, das musste er zugeben.
»Hängt ihr immer nur auf dem Parkplatz rum?«, fragte Emil.
»Nein«, sagte Chris. »Meistens leihen wir uns ein Video aus.«
»Oder wir gehen Billard spielen«, ergänzte Sander. »Aber nach dem Wochenende sind wir meist blank.«
»Ich hab noch Geld.« Emil holte sein Portemonnaie aus der Hosentasche. »Also dann Billard?«
»Das wird nicht gerade billig für dich«, warnte Sander ihn.
»Na und? Ich bin zufällig gerade flüssig. Nächstes Mal zahlt ihr.« Emil schlug Sander auf die Schulter. »Keine Sorge, Mann, wir amüsieren uns.«
Er ist wirklich ein ausgefallener Typ, dachte Sander und folgte seinen Freunden ins Billardzentrum.

Es war ziemlich viel los. Emil kam mit einem Karton Kugeln zurück.
»Tisch sieben«, hörte man über den Lautsprecher und gleichzeitig gingen über Tisch sieben die Lichter an.

»Hmmh, lecker Cola«, sagte Chris, als er an einem Tisch vorbeiging, an dem ein paar Mädchen saßen. Er nahm das Glas und trank es leer.

»Was soll das denn?« Eines der Mädchen sah ihn wütend an.

»Oh, ist das verboten? Tut mir leid, eine Zigarette nehm ich auch gern.« Und Chris zog eine Zigarette aus der Packung, die auf dem Tisch lag.

Das Mädchen sah in die Packung. »Er hat unsere letzte Zigarette genommen!«

Chris schien das nicht zu stören. Er zündete ungerührt die Zigarette an und ging weiter.

Sander schämte sich für seinen Freund. Warum musste Chris sich so danebenbenehmen? Bestimmt wollte er bei Emil Eindruck schinden. Bei ihm war das nicht nötig und das wusste Chris auch.

Eigentlich war Sander sehr gut im Billard, aber heute wollte ihm einfach nichts gelingen. Wenn er heute Abend auch so drauf war, konnte er Indra gleich vergessen.

Sie waren mitten im Spiel, als Emil Chris anstieß und die beiden zu einem Jungen herüberblickten, der an Tisch neun nach vorn gebeugt stand. Sein Portemonnaie guckte ein ganzes Stück aus seiner Hosentasche.

»Was ist?«, fragte Sander, als er merkte, wie Chris und Emil tuschelten.

Chris und Maarten lachten verstohlen.

»So eine Hose hätte ich auch gern«, sagte Emil. »Das ist eine tolle Marke. Die muss ich mir mal aus der Nähe ansehen.« Er gab Chris einen Wink.

Sander achtete nicht weiter auf seine Freunde, er war viel zu sehr in sein Spiel vertieft.

»Wir gehen«, sagte Maarten plötzlich und riss Sander den Queue aus der Hand. Sander blickte überrascht auf. »Wieso?«

»Los, komm«, sagte Maarten. »Emil hat schon bezahlt.«

Sander verstand die plötzliche Eile überhaupt nicht, aber er ging doch mit nach draußen. Am Eingang sah er eine Brieftasche liegen. Sander wollte sie an der Theke abgeben, doch als er sich bückte, um sie aufzuheben, zog Maarten ihn mit. »Lass das Ding liegen. Du siehst doch, dass sie leer ist.«

Bevor Sander es sich anders überlegen konnte, wurde er nach draußen geschubst.

»Warum mussten wir so überstürzt gehen?«, wollte Sander wissen, als er die beiden anderen auf dem Parkplatz stehen sah. Er merkte gar nicht, wie Emil Chris Geld zusteckte.

»Emil muss noch Hausaufgaben machen«, sagte Chris.

»Macht's gut!«, sagte Emil.

»Wie findest du Emil?«, erkundigte sich Maarten, als sie zu dritt nach Hause gingen.

»Schon in Ordnung.« Doch als Sander den Schlüssel ins Schloss steckte, überkam ihn ein mulmiges Gefühl. Er wusste nicht so recht, was er von Emil halten sollte.

2 »Ist es wirklich vernünftig, heute Abend zu dieser Klassenfete zu gehen?«, fragte Indras Mutter.
»Natürlich, warum sollte ich nicht gehen?« Indras Stimme hatte einen verärgerten Unterton.
»Du siehst sehr müde aus«, antwortete ihre Mutter.
»Wie kommst du darauf? Ich bin nicht müde. Aber ich werde es, wenn du weiter so nörgelst.« Indra stand auf und ging nach oben. Sie hatte keine Lust, immer wieder daran erinnert zu werden, dass sie sich nicht wohlfühlte. Es ging bestimmt vorüber. Ihre Mutter fürchtete einfach immer das Schlimmste.
Kurz vor den Klassenarbeiten hatte Heike sich auch matt gefühlt und der Arzt hatte gemeint, das käme vom Stress. Er hatte recht gehabt, denn nun, da alle Arbeiten hinter ihnen lagen, hatte Indra ihre Freundin nicht mehr klagen hören.
Sie wollte lieber an heute Abend denken. Indra freute sich auf die Klassenfete und sie hatte schon letzte Woche genau überlegt, was sie anziehen wollte. Heute Morgen hatte es noch so ausgesehen, als ob etwas schieflaufen würde. Herr Bogard hatte wissen wollen, wer alles kommen würde. Indra hatte rasch zu Sander hinübergeblickt, aber er hatte sich nicht gemeldet. Da hatte sie einen Riesenschreck bekommen. Wenn Sander nicht kam, wollte sie auch nicht zu der Fete. Später hatte sich herausgestellt, dass er doch kommen wollte; er hatte vor sich hin geträumt und sich deswegen nicht gemeldet.

Indra war schon seit einiger Zeit heimlich in Sander verknallt. Sie musste grinsen. Niemand wusste davon; nicht mal Heike hatte sie es erzählt, weil sie so sicher gewesen war, dass ihre Verliebtheit vorübergehen würde. Aber jetzt musste sie es Heike erzählen, denn ihre Gefühle Sander gegenüber hatten sich kein bisschen geändert.

Erst hatte sie es Heike heute Morgen auf dem Schulweg sagen wollen, aber dann war plötzlich Tom aufgetaucht. Tom saß neben Sander und Indra wollte nicht, dass er es ihm erzählte. Außerdem saß er in der Redaktion der Schülerzeitung. Was, wenn Tom mit Großbuchstaben in die Zeitung setzte: INDRA IST IN SANDER VERLIEBT! Manchmal machte Tom solche verrückten Sachen. Zumal er gerade eine neue Klatschspalte eingerichtet hatte. Indra lachte sich über die Klatschgeschichten halb tot, aber sie wäre ganz schön sauer, wenn sie in diesen Geschichten eine Rolle spielen würde.

Wenn sie erst mit Sander zusammen war, konnte es ihr egal sein. Aber so weit war es noch lange nicht. Sander ahnte nichts und Indra war sich nicht mal sicher, ob er überhaupt in sie verliebt war. Und wenn, dann konnte er das gut verbergen.

Meist war Indra diejenige, die von den Jungs angesprochen wurde, aber diesmal musste sie die Initiative ergreifen. Und genau das würde sie heute Abend tun. Sie hatte sich bereits einen Superplan überlegt und mit Heikes Hilfe musste es einfach klappen.

»Indra!«, hörte sie die Stimme ihrer Mutter unten an der Treppe. »Heike ist am Telefon.«

Indra sprang auf. Hilfe, schon wieder so ein Schwindelanfall! Einfach ignorieren, hatte Heike gesagt. Indra holte tief Luft und lief nach unten. Na also, Heike hatte recht gehabt. Wenn man kurz Luft holte, war es gleich vorbei.

Indra hielt sich lachend den Hörer ans Ohr. »Hey, du willst sicher wissen, welchen Nagellack du tragen sollst.«

»Nein«, antwortete ihre Freundin. »Eigentlich hab ich nicht allzu viel Lust, heute Abend zu dieser Fete zu gehen.«

Indra konnte das verstehen. Die letzte Klassenfete war echt toll gewesen, aber diese fand bei Herrn Bogard zu Hause statt. Es rechnete eigentlich keiner damit, dass es eine Superparty werden würde, da Herr Bogard ein totaler Langweiler war. Wenn sie nicht in Sander verknallt wäre, würde sie auch nicht hingehen. Aber Heike musste unbedingt kommen, denn sie brauchte ihre Freundin für ihr Vorhaben.

»Du musst kommen«, sagte Indra. »Du hast es mir versprochen und ich hab keine Lust, allein dazusitzen.«

»Du brauchst nicht allein dazusitzen«, entgegnete Heike. »Ich hab einen viel besseren Plan. Wir gehen beide nicht hin. René hat heute Abend ein Volleyballspiel, das echt spannend werden soll.«

Indra musste grinsen. Seit wann interessierte sich Heike für Volleyball? »Ich weiß genau, was du da so spannend findest«, sagte sie. »Es fängt mit *T* an und hört mit *as* auf.«

Heike seufzte. »Ich finde Tobias wirklich süß! Ich bearbeite René schon seit einer Woche, dass er ihn mal mit nach Hause bringt, aber daraus ist bisher noch nichts geworden. Deshalb gehen wir heute Abend zur Sporthalle.«

Indra schrak zusammen. »Das geht nicht. Ich muss auf die Klassenfete.«

»Wieso das? Meinst du, dass du so deine Sechs in Englisch ausbügeln kannst?«

»Nein.« Indra vergewisserte sich, dass ihre Mutter im Wohnzimmer war. »Ich kann es dir jetzt nicht erzählen. Du erfährst es noch.«

»Du willst also wirklich nicht mit zum Volleyball?«, fragte Heike enttäuscht.

»Nein, ich, äh . . .«, sagte Indra. »Und du kannst auch nicht hingehen. Ich brauche dich, ehrlich. Aber ich schwöre, dass wir beim nächsten Mal zum Volleyball gehen.«

»Wenn du dann noch Zeit hast«, meinte Heike. »Wahrscheinlich hast du dann längst einen Freund.«

»Ich?« Indra verstand sie nicht. Wie konnte Heike wissen, dass sie in Sander verliebt war?

»Es gibt jemanden, der voll auf dich abfährt«, sagte Heike geheimnisvoll.

»Wer denn?« Indra wollte unbedingt wissen, ob sie Sander meinte.

»Das sag ich nicht«, antwortete Heike. »Aber wenn du zu der blöden Klassenfete gehst, wirst du es nie erfahren.«

Sie meinte also einen anderen. Indra wollte gar nicht mehr wissen, wer das war, denn im Moment konnte sie nur an einen Jungen denken. »Ich muss hin, Heike, glaub mir.«

»Okay, du bekommst deinen Willen«, lenkte Heike ein. »Ich glaub dir, dass es wichtig genug ist, um Tobias laufen zu lassen.«

»Megawichtig. Du bist ein Schatz. Bis heute Abend.« Indra legte auf. Sie war froh, dass sie Heike überzeugt hatte, aber wenn sie erfuhr, warum sie so gedrängelt hatte, würde sie sie garantiert verstehen. Tobias lief ihr nicht weg, doch wenn sie nicht in Sanders Nähe kam, würde Jette ihr zuvorkommen. Es war Indra schon ein paarmal aufgefallen, dass sie ebenfalls hinter Sander her war. Indra mochte Jette, aber sie sollte gefälligst ihre Finger von Sander lassen, der gehörte ihr. Sie wusste, dass Heike da mit ihr einer Meinung sein würde, schließlich ließen sie einander nie im Stich. Seit der vierten Klasse der Grundschule – als Heike in ihre Klasse gekommen war – waren sie Freundinnen und Frau Kager nannte sie oft die siamesischen Zwillinge. Irgendwie stimmte das, auch wenn Heike zurzeit häufiger mit Dana zusammen war. In den Sommerferien durfte Indra mit Heikes Eltern nach Italien fahren und sie freute sich jetzt schon. René, Heikes Bruder, würde auch einen Freund mitnehmen. Falls er sich für Tobias entschied, standen ihnen noch einige Aufregungen bevor.

Indra war gerade auf der Hälfte der Treppe, als das Telefon erneut klingelte. »Ja, Heike, sie kommt schon«, hörte sie ihre Mutter sagen.

»Du möchtest bestimmt mein grünes T-Shirt leihen«, begrüßte Indra ihre Freundin. »Darfst du, weil du so nett bist und mitkommst.«

»Nein«, antwortete Heike. »Ich hab mir schon Renés Hemd gekrallt. Du weißt schon, welches: das irre mit den Streifen.«

Selbst bei intensivem Nachdenken wusste Indra nicht, welches Hemd Heike meinte. Heikes Klamotten kannte sie, aber was René so trug, da hatte sie keine Ahnung. Heike konnte das nicht begreifen, sie kannte immer die Garderobe der gesamten Klasse. Aber Heike wollte auch später einmal Modedesignerin werden.

»Ich weiß nicht genau, welches du meinst, aber es steht dir bestimmt.« Indra fand, dass Heike bei ihrem Aussehen alles tragen konnte.

»Ich möchte, dass du es dir ansiehst. Wenn es dir nicht gefällt, ziehe ich es nicht an. Kommst du eben vorbei?«

Indra sagte zu, denn im Moment konnte sie sowieso nur an Sander denken. Wenn sie zu Heike ging, hatte sie wenigstens etwas Ablenkung.

»Dann erfährst du auch gleich, warum ich heute unbedingt zu der Klassenfete will. Bis gleich.« Indra legte auf.

»Wie gefalle ich dir?«, sagte Heike, als sie Indra die Tür öffnete und sich wie ein Model im Kreis drehte, damit Indra sie von allen Seiten begutachten konnte.

»Super!«, sagte Indra.

René gesellte sich zu ihnen. »An meinem muskulösen Körper sieht es noch besser aus.«

Indra musste lachen. Wieder einer von Renés typischen Macho-Sprüchen.

»Stopp, wir gehen nicht in mein Zimmer«, sagte Heike, als Indra nach oben gehen wollte. »Meine Mutter ist nicht zu Hause, wir können genauso gut unten bleiben. Ich hol den Tee. Möchtest du auch eine Tasse, René?«

»Ja«, sagte René.

»Mist«, rief Heike aus der Küche. »Die Kekse sind alle und wir haben auch sonst nichts Leckeres im Haus. Ich hol schnell eine Packung.«

»Brauchst du nicht«, sagte Indra.

»Aber wir wollen schon was Süßes, nicht wahr, René?«

»Soll ich mitkommen?«, bot Indra an.

»Nein, du musst auf René aufpassen.« Heike griff nach ihrer Jacke.

Indra war überrascht, denn sonst aß Heike nie Kekse, weil sie vor jeder Kalorie panische Angst hatte.

Als die Tür ins Schloss fiel, setzte René sich neben Indra.

»Schade, dass du nicht mit zum Volleyball kommen kannst.« Er rückte etwas näher an sie heran.

Indra fühlte sich zunehmend unbehaglicher. Stell dich nicht so an, sagte sie sich, schließlich ist er der Bruder deiner Freundin, der kann sich doch neben dich setzen.

Aber irgendwie war das Gefühl anders. Unangenehmer, klebriger.

»Weißt du, ich wollte dir schon länger etwas sagen. Ich bin in dich verliebt.« René legte seinen Arm um Indras Schulter.

Indra merkte, dass sie rot anlief. Sie fühlte nichts für René, aber wehtun wollte sie ihm auch nicht.

»Heike hat mir erzählt, dass du mich auch magst.« René streichelte ihren Arm.

»Was?« Indra verstand die Welt nicht mehr. Wie konnte Heike so was erzählen? Plötzlich erinnerte sie sich an ihre flapsige Bemerkung vom letzten Sonntag.

»Ich wünschte, wir wären Schwestern«, hatte Heike gemeint. »Dann muss ich Renés Freundin werden«, hatte sie geantwortet. Hatte Heike wirklich geglaubt, dass sie das ernst gemeint hatte? Indra konnte es nicht fassen und sah nun zu René hinüber. Sein Gesicht kam immer näher. Wut keimte in ihr auf, und bevor seine Lippen ihre berührten, drehte sie ihren Kopf weg. »Ich möchte das nicht, René.«

»Du bist schüchtern und ich mag schüchterne Mädchen.« René zog sie zu sich.

In diesem Moment kam Heike ins Zimmer. »Oh, ich seh schon«, sagte sie lachend. »Ich störe.« Sie drehte sich gleich wieder um.

Indra fühlte sich vollkommen überrumpelt. Sie wollte sich losreißen, aber René hielt sie fest.

»Lass das«, sagte Indra.

»Was meinst du?« René blickte sie verliebt an.

Indra holte tief Luft. Sie musste ihm gegenüber ehrlich sein. »Ich, äh . . . ich find dich nett, René, aber ich bin nicht in dich verliebt.«

»Du traust dich bloß nicht, es zuzugeben«, antwortete er. »Weil ich Heikes Bruder bin und du glaubst, Heike würde es dir übel nehmen. Aber sie findet es toll.«

»Es geht nicht um Heike«, bekräftigte Indra. »Ich bin nicht in dich verliebt.«

René sah sie an und streichelte ihr übers Haar. »Das kommt schon noch. So was muss wachsen.«

Indra fühlte sich machtlos. Warum wollte er ihr nicht glauben? Sie würde sich nie in ihn verlieben, er war überhaupt nicht ihr Typ.

»Nein, René.« Indra zog ihren Kopf weg. »Ich bin mir sicher, ich will nichts von dir.«

»Du weißt ja gar nicht, was du verpasst.« René stand auf und verließ das Zimmer. Indra hatte sich schon seit Langem nicht mehr so elend gefühlt.

Jetzt verstand sie plötzlich, warum Heike unbedingt noch Kekse hatte kaufen müssen. Was für ein blöder Plan! Indra lief nach oben und riss Heikes Zimmertür auf.

»Herzlichen Dank!«, sagte sie wütend. »Wie konntest du das tun? Was bist du bloß für eine Freundin!«

»Ich war mir sicher, dass du in René verliebt bist«, erklärte Heike.

»Nein, das war und bin ich nicht. Das hast du dir wohl gewünscht.«

»Es wäre nett gewesen«, sagte Heike. »Du und René und ich und Tobias.«

»So was hab ich mir schon gedacht«, meinte Indra. »Was soll der Kinderkram? So was haben wir in der Grundschule gemacht, als du mit Erik gingst und ich mir deshalb Alex anlachen musste. Alex wollte überhaupt nicht, erinnerst du dich? Er fing an zu heulen, als er mich küssen musste. Für so was sind wir zu alt. Findest du es nicht selbst lächerlich?«

Da Heike nicht antwortete, fuhr Indra fort: »Du hättest mir wenigstens sagen können, dass René mich fragen wollte.«

»Dann wäre es nicht mehr spontan gewesen«, protestierte Heike.

»Hilfe!« Indra fasste sich an die Stirn. »Ja, das war wirklich wahnsinnig spontan, sehr spontan sogar, da hast du recht.«

»Tut mir leid.«

Heike machte ein derart schuldbewusstes Gesicht, dass Indra lachen musste.

»Sind wir wieder Freundinnen?«, fragte Heike mit Kleinkinderstimme.

»Ja, in Ordnung.« Indra konnte Heike nie lange böse sein. »Jetzt will ich aber wissen, warum du unbedingt auf die Klassenfete willst.«

»Rat mal«, sagte Indra.

»Äh . . .« Heike dachte nach. »Ich weiß schon«, sagte sie plötzlich. »Bogards Frau hat dich bestochen. Sie sorgt dafür, dass du keine Sechs im Zeugnis bekommst, wenn du heute Abend darauf achtest, dass ihr Mann nicht zu viel trinkt.«

Indra prustete los. Die ganze Schule wusste, dass Bogard Abstinenzler war. In der Klatschspalte der Schulzeitung hatte sogar gestanden, dass er die Hälfte seines Gehalts an die Anonymen Alkoholiker spendete. Es würde Indra nicht wundern, wenn das stimmte.

»Du hast noch einen Versuch«, sagte sie.

Heike schüttelte den Kopf. »Ich hab keine Ahnung.«

»Ich bin verliebt«, erklärte Indra.

»Wirklich, oder machst du nur einen Scherz?«

»Ernsthaft«, antwortete Indra. »Schon eine ganze Weile.«

»Er ist also bei uns in der Klasse, sonst würdest du heute Abend nicht unbedingt zur Klassenfete wollen. Wart mal...« Heike sah Indra an. »Du bist doch nicht etwa in Bogard verliebt?«

Indra musste schon wieder lachen. »Ja, siehst du es schon vor dir, wie ich seine langweiligen Socken wasche?«

»Und wie du die Möhren im Bioladen kaufst«, ergänzte Heike. »Es ist also ein Junge aus unserer Klasse?«

»Könnte man so sagen«, antwortete Indra.

»Ich weiß es«, rief Heike. »Sander.«

Indra nickte strahlend. »Du musst es noch für dich behalten. Ich möchte nicht, dass es jemand erfährt.«

»Ich kann schweigen.« Heike hob zwei Finger. »Ich an deiner Stelle würde mich beeilen«, sagte sie dann. »Jette ist auch hinter ihm her.«

Indra nickte. »Heute Abend ist es so weit, aber du musst mir dabei helfen, einverstanden?«

»Prima«, sagte Heike. »Du versteckst dich auf dem Dachboden und ich locke Sander dahin.«

»Nein«, antwortete Indra. »Nun mal ernsthaft. Du stellst dich neben ihn und ich komme zu euch hinüber.«

»Und dann?«, wollte Heike wissen.

»Dann, äh...« Indra traute sich nicht, es auszusprechen. »Dann sag ich, dass ich gern tanzen würde, aber du hast angeblich keine Lust.«

»Und dann sag ich: ›Frag doch Sander...‹«

»Genau, du hast es begriffen.« Indra gab ihrer Freundin einen Kuss. »Ich wusste, dass ich auf dich zählen kann.«

Komisch, meist war der Schwächeanfall nach kurzer Zeit vorüber, doch heute Nachmittag schien es, als würde es nur noch schlimmer. Als Indra nach Hause zurückradelte, kam sie kaum voran, obwohl es eigentlich ein Katzensprung von Heike zu ihr war, aber sie hatte das Gefühl, bis ans Ende der Welt radeln zu müssen. Wahrscheinlich kam das von der Anspannung, weil sie sich viel mit dem heutigen Abend beschäftigt hatte. Und dann noch diese blöde Geschichte mit René.
Indra wusste, dass es Unsinn war, aber sie fühlte sich schuldig. Sie dachte zurück an das Wochenende, als sie bei Heike übernachtet hatte. War er damals auch schon in sie verliebt gewesen? Den ganzen Abend hatte er bei ihnen gesessen und ständig gefragt, ob sie sich auch amüsierte. Sie hatte Ja gesagt, aber das war es dann auch gewesen. Sie war nicht besonders freundlich zu ihm gewesen. Das mochte sie auch nicht an Susan, der es Spaß machte, wenn sich Jungen in sie verliebten. Am besten zwei gleichzeitig, damit sie sie eifersüchtig machen konnte. Indra hasste solche Spielchen. Sie schrak auf, als sie Richard entdeckte, Renés besten Freund. Der wusste garantiert Bescheid.
Indra hatte keine Lust, mit ihm zu reden, und bog nach links ab. Als sie an der Schlittschuhbahn vorbeifuhr, musste sie an Samstagabend denken, als sie mit Heike Schlittschuhlaufen gewesen war. Nach einer Runde war sie schon müde gewesen. René war hinter ihr gelaufen und hatte gefragt, ob er sie anschieben müsse. Glücklicherweise hatte sie geantwortet, dass das nicht nötig sei. Da hatte sie nicht geahnt,

dass er in sie verliebt war. Typisch, dass sie so was nicht merkte.
Genau wie gerade eben. Da hätte sie beinahe den Mann auf dem Zebrastreifen angefahren. Sie war wirklich leicht benebelt, und als sie abstieg, spürte sie schon wieder diese Müdigkeit. Sie steckte sich ein Stück Traubenzucker in den Mund. Angeblich sollte das helfen, aber Indra merkte nichts davon.
Zehn Minuten später stellte sie erschöpft ihr Fahrrad in den Schuppen. Sie befürchtete, dass sie ganz bleich aussah, dann würde ihre Mutter sie heute Abend nicht gehen lassen. Gott sei Dank, sie telefonierte und Indra lief schnell die Treppe hinauf. Sie erschrak, als sie in den Spiegel blickte. Sie war nicht weiß im Gesicht, sondern gelb. Lag das am Licht? Sie würde Puder auflegen müssen, damit ihre Mutter ihr nichts anmerkte. Indra und Make-up – sie war nicht gerade die Geschickteste im Schminken, im Gegensatz zu Heike. Die hantierte fast wie eine ausgebildete Kosmetikerin mit Tuben und Tiegeln, aber schließlich schminkte sie sich auch jeden Tag.
»So, so«, neckte Indras Vater seine Tochter, als sie sich an den Tisch setzte, »du siehst gut aus.«
Indra lachte und hoffte insgeheim, dass Sander das auch fand. Noch nie hatte sie so lange gebraucht, um sich fertig zu machen. Wenn nun Sander mit Jette tanzte! Indra spürte, wie leichte Panik in ihr aufstieg. Sie wollte lieber nicht daran denken und aß schnell ihre Linsensuppe.
»Darf ich aufstehen?«, fragte sie nach dem Nachtisch. »Ich muss weg.«
»Natürlich«, antwortete ihre Mutter.

Indra fiel ein, dass sie Heike versprochen hatte, eine Reggae-CD mitzubringen. Sie holte sie aus dem CD-Regal und steckte sie in ihre Tasche. Dann verabschiedete sie sich von ihren Eltern. »Bis später.«

»Viel Spaß!«

Indra fuhr los, doch als sie fünf Minuten geradelt war, wurde ihr schwindelig. Sie stieg ab, um einen Augenblick zu verschnaufen, aber das Schwindelgefühl ließ einfach nicht nach. Ihr Kopf brummte und sie dachte an den Weg, den sie noch vor sich hatte. Das würde sie nie schaffen.

Ich kann nicht, dachte sie. Ich kann wirklich nicht. Wie soll ich bloß tanzen, wo ich mich jetzt schon kaum auf den Beinen halten kann. Sie fing plötzlich an zu weinen, mitten auf der Straße. Warum fühlte sie sich so schlapp, gerade heute, wo die Fete stattfand? Wenn sie nicht hinging, würde Jette sich Sander krallen. Sie musste jetzt durchhalten.

Indra versuchte wieder aufzusteigen, aber vor ihren Augen drehte sich alles. Es geht nicht, dachte sie, es geht wirklich nicht. Ich stelle mich nicht an, ich muss ins Bett. Die Hände am Fahrradlenker, stolperte sie zurück.

»Mein Gott, Kind!« Indras Mutter erschrak, als Indra das Haus betrat. »Du bist krank, du musst schleunigst ins Bett.«

»Ich muss Heike absagen«, brachte Indra hervor.

»Das geht jetzt nicht«, sagte ihre Mutter. »Papa telefoniert. Geh du ins Bett, ich ruf Heike an.«

»Vergisst du es auch nicht?«, fragte Indra, bevor sie die Treppe hinaufging. »Heike kommt nur meinetwegen. Sie bringt mich um, wenn ich nicht da bin.«

»Natürlich vergesse ich es nicht«, sagte ihre Mutter. »Sobald das Telefon frei ist, rufe ich sie an.«
Doch Indras Vater telefonierte länger, als sie gedacht hatte, und als Frau Sandbergen schließlich Heike anrief, hatte die sich schon auf den Weg gemacht.

3 Sander war früh losgegangen, denn er wollte unbedingt vor Indra auf der Klassenfete sein. Wenn sie kam, konnte er sich in ihre Nähe setzen. Es war kalt draußen. Sander knöpfte seine Jacke zu und holte die Mütze aus seiner Tasche, schließlich wollte er keine roten Ohren kriegen. Das würde kein schöner Anblick sein. Vor allem wollte er nicht umsonst Stunden vor dem Spiegel gestanden haben. Er hatte eigentlich seinen Pullunder anziehen wollen, aber er hatte sich darin viel zu brav gefunden und stattdessen seinen blauen Pullover anprobiert. Aber auch der hatte ihm nicht recht gefallen. Und sein grünes Hemd war auch nicht infrage gekommen.

Sander hatte nicht gemerkt, dass sein Vater nach Hause gekommen war. »Das würde ich anlassen«, hatte er ihn plötzlich sagen hören. »Ja, sie mag ganz bestimmt T-Shirts«, hatte sein Vater ihn aufgezogen. »Wie heißt sie eigentlich? Hast du kein Foto von ihr?«

Sander hatte ihn lachend aus seinem Zimmer geschoben und nichts erzählt. Wenn er mit Indra zusammen war, konnte er immer noch mehr erzählen. Überhaupt, über kurz oder lang würden seine Eltern sie schon zu Gesicht bekommen. Er würde Indra fragen, ob sie Freitagabend mit ihm ins Kino ginge. Er hatte das gesamte Kinoprogramm studiert, aber im Moment lief nichts Besonderes. Das war Sander egal, denn er war sich sicher, dass sie von dem Film sowieso nicht viel mitbekommen würden.

Sander bog nach links ab, knapp vor einem Moped.

»Kannst du nicht aufpassen?«, rief der Junge auf dem Moped verärgert.

»Tut mir leid«, antwortete Sander. Er musste aufpassen. Indra fand es sicher nicht toll, wenn er mit einem Gips neben ihr im Kino saß. Er blies auf seine Finger. Es war wirklich kalt! Hätte er doch bloß seine Handschuhe mitgenommen. Na ja, wenn er Indra sah, würde ihm auf der Stelle warm werden.

Er bog in eine breite Allee ein. Hier musste es irgendwo sein. Sander blickte auf die Häuser. Eigentlich wohnte Herr Bogard sehr gediegen. Bei der letzten Klassenfete hatte Sander gleich gewusst, wo es war, denn da hatten alle Räder vor Claas' Haus auf dem Bürgersteig gestanden. Heute war er viel zu früh und wahrscheinlich einer der Ersten. Während Sander noch die richtige Hausnummer suchte, kam Tom aus einem Gartentor gerannt und winkte ihm zu.

»Gut, dass du so früh bist«, sagte Tom. »Ich brauch dich.«

»Müssen noch Schnittchen geschmiert werden?«, erkundigte sich Sander.

»Nein«, antwortete Tom. »Die sind schon längst fertig. Ich muss jemanden abholen und das kann ich nicht allein.«

Jemanden abholen? Sander zuckte zusammen. War er etwa deswegen so früh gekommen? Dann hätte er ebenso gut mit Tigo fahren können.

»Oliver hat Hausarrest, weil sein Vater dahintergekommen ist, dass er eine Fünf in Englisch hat.« Tom schloss sein Rad auf. Für ihn war klar, dass Sander ihn begleitete.

»Und was soll ich tun?«, fragte Sander. »Muss ich ihn entführen?«

»Natürlich nicht.« Tom erzählte Sander, was er sich ausgedacht hatte.

Wenn Sander nicht verliebt wäre, hätte er ihn gern begleitet, aber jetzt passte es ihm überhaupt nicht. Er suchte nach einer Ausrede. »Solltest du nicht besser Claas mitnehmen? Ich kann nicht gut schauspielern.«

»Denkst du, dass Olivers Vater darauf hereinfällt? Er kennt uns und wird uns nie und nimmer glauben.«

Sander blickte Tom, der bereits losfuhr, unschlüssig nach. Er würde ihn begleiten müssen, schließlich konnte er ihn nicht im Stich lassen. Sander stieg auf sein Rad und folgte Tom.

»Weiß Oliver, dass wir kommen?«

»Nein.« Tom bog nach rechts ab. »Das wird ein Überfall. Wie konnte er nur die Arbeit in seinem Zimmer herumliegen lassen! Dabei weiß er doch genau, dass sein Vater nach dem letzten Zeugnis auf hundert ist.«

Ein Stück weiter kamen ihnen Simon und Ruben entgegen. Ruben hielt an. »He, Jungs, ihr fahrt in die verkehrte Richtung.«

Ruben hatte immer einen witzigen Spruch parat und das mochte Sander.

»Wir fahren wieder nach Hause«, erklärte Tom ernst. »Bogard hat uns weggeschickt, weil wir eine Fünf in Englisch haben.«

»Echt wahr?« Simon fiel vor Schreck fast vom Rad. »Ich hab eine Vier.«

»Das ist echt grenzwertig«, sagte Sander. »Probier mal, ob

er dich reinlässt. Bogard empfängt jeden mit seinem Notenbuch an der Tür.«

»Ja, klar«, sagte Simon feixend.

Als sie weiterfuhren, grinste Sander. »Die zwei glauben das auch noch.«

»Dann wollen wir hoffen, dass Olivers Vater auch auf uns hereinfällt.« Tom bremste. »Hier ist es. Weißt du noch, was du zu sagen hast?«

»Ich kenne meine Rolle.« Sander schloss sein Rad ab.

»Also los.« Tom klingelte.

Herr Klunder öffnete. »Hallo, Tom«, begrüßte er ihn. »Oliver darf heute Abend nicht mit, auch wenn du noch so brav dreinschaust.«

»Das weiß ich«, sagte Tom. »Ich komme nur, um den Text für das Quiz abzuholen.«

»Veranstaltet ihr ein Quiz?«, wollte Olivers Vater wissen.

»Ich nicht«, antwortete Tom. »Sander und Oliver wollten es eigentlich machen.«

»Ja«, fügte Sander hinzu. »In Englisch. Das macht garantiert einen guten Eindruck auf Herrn Bogard. Ich, äh ... ich will nämlich meine Arbeit noch mal schreiben. Ich hatte eine Sechs.«

»Wenn Herr Bogard euer Quiz hört, lässt er sich bestimmt rumkriegen«, sagte Tom zu Sander.

»Und Oliver sollte auch bei dem Quiz mitmachen?«, fragte Herr Klunder.

»Ja«, sagte Sander. »Der kann eine gute Zensur auch gut gebrauchen. Aber das geht ja jetzt leider nicht.«

»Das wäre was geworden«, sagte Herr Klunder. »Gut, dass es nicht stattfindet. Eine Sechs und eine Fünf veranstalten ein englisches Quiz. Euer Lehrer hätte bei dem Gestammel schreiend das Weite gesucht.«

»Mein Vater hat uns geholfen«, erklärte Sander. »*Yes, Mister Klunder*«, fuhr er in Englisch fort. »*The first question is for you. Can you please answer?*«

»Nein, ich hab keine Zeit«, sagte Olivers Vater. »Aber ich muss zugeben, dass es sich englisch anhört.«

»Da müssen Sie mal Oliver hören«, sagte Sander. »Mein Vater war ganz begeistert, aber schließlich hat er auch hart gearbeitet.«

Genau in diesem Augenblick kam Oliver die Treppe herunter. »*Why didn't you tell me about the quiz?*«, fragte sein Vater ihn. Oliver sah seinen Vater überrascht an.

Tom machte ihm hinter Herrn Klunders Rücken ein Zeichen, dass er mitspielen sollte.

»Du warst ziemlich stinkig auf mich.« Es war offensichtlich, dass Oliver nicht wusste, um was es ging.

»Wir haben deinem Vater gerade erklärt, dass Sander und du heute Abend ein Quiz auf Englisch machen wolltet, um Herrn Bogard zu ködern«, sagte Tom schnell.

»*Yes.*« Das war das Einzige, was Oliver sagte. Sander konnte an seinem Gesicht ablesen, dass er immer noch keinen blassen Schimmer hatte, was Tom und Sander vorhatten.

»Jetzt muss ich es allein machen«, bemerkte Sander.

»Du hast vielleicht ein Pech«, fügte Tom hinzu. »Sander kriegt vielleicht eine Drei und du sitzt da mit deiner Fünf.«

»Und ihr wisst genau, dass du die Arbeit noch mal schreiben darfst?«, fragte Herr Klunder.

»Klar«, sagte Tom. »Es ist allgemein bekannt, dass Herr Bogard vor allen in die Knie geht, die aus eigener Initiative Englisch sprechen. Wissen Sie, was in der Schülerzeitung stand? Ein Junge hat Herrn Bogard vor Kurzem im Supermarkt getroffen, und als er ihn auf Englisch ansprach, bekam er eine bessere Note im Zeugnis.«

Woher hatte Tom nur diesen ganzen Unsinn? Sander konnte sich nicht länger zusammenreißen und musste grinsen.

»Was ist denn, Sander?«, erkundigte sich Olivers Vater.

»Ich dachte an den Jungen«, sagte Sander. »Da macht man sich für einen Lehrer wirklich zum Affen.«

Tom legte noch eins drauf. »Er hat allerdings statt einer Fünf eine Vier im Zeugnis bekommen.«

»In diesem Fall scheint es mir vernünftiger, wenn du deine Freunde begleitest«, sagte Herr Klunder zu seinem Sohn.

»Gott sei Dank«, seufzte Sander. »Ich dachte schon, ich müsste allein auftreten.«

Ein paar Minuten später bogen sie zu dritt aus der Ausfahrt.

Oliver war überglücklich, dass er mitdurfte. »Das war eine geniale Idee, Tom. Und Sander, herzlichen Dank.«

»Sander war sowieso viel zu früh«, meinte Tom. »Wenn wir jetzt kommen, hat die Fete zumindest schon angefangen. Das ist viel spaßiger.«

Wahnsinnig spaßig, dachte Sander. Vor allem, wenn ich reinkomme und Indra bereits mit einem anderen tanzt.

»Es hat geklappt, der Gefangene ist frei.« Claas umarmte Oliver, als er ihnen die Tür öffnete. »Gute Arbeit, wir haben schon auf euch gewartet.«

Tom erzählte in epischer Breite, wie es gelaufen war, aber Sander dauerte das zu lange. Er musste nachsehen, wo Indra war. Er legte seine Jacke ab und blickte sich im Zimmer um. Zumindest stand sie nicht bei Heike und Dana. Wahrscheinlich musste sie sich noch stylen, dachte Sander. Auch wenn das seiner Meinung nach völlig unnötig war, er fand sie auch so attraktiv.

Sander sah sich neugierig um. Die Fetenorganisation hatte wirklich ihr Bestes gegeben. Sie hatten Netze aufgehängt, in der Ecke stand ein Büfett mit leckeren Sachen und überall brannten Kerzen. Während er mit den anderen plauderte, behielt er die Tür im Auge, aber abgesehen von Claas, der hin- und herlief, kam niemand herein. Langsam wurde Sander unruhig. Sie würde doch kommen? Doch dann fiel ihm ein, dass Indra sich vermutlich in der Zeit geirrt hatte, denn ursprünglich hatte die Fete erst um neun beginnen sollen. Überhaupt, es konnte ihm egal sein, wenn sie etwas später kam, schließlich blieb ihnen noch der ganze Abend. Er sah hinüber zur Bar. Da, in dieser Ecke, würde er Indra fragen. Das war wirklich ein romantischer Platz.

»Da bist du ja«, sagte Tigo. »Ich verstehe bloß nicht, warum du nicht mit mir fahren wolltest?«

»Ich musste noch mit Tom was erledigen«, erklärte Sander.

»Oh, ich verstehe.« Tigo drehte sich um und ging.

»Seit wann bist du dem denn eine Erklärung schuldig?«,

wollte Tom wissen. »Und sein arroganter Ton. Ich begreif nicht, dass du ihm überhaupt antwortest.«

»Na und?« Sanders Stimme klang verärgert, denn er wusste selbst, dass Tom recht hatte. Er musste schneller reagieren und sich nicht auf der Nase herumtanzen lassen.

Glücklicherweise ging Tom nicht weiter darauf ein, sondern blickte zu Claas, der jetzt das Mikrofon ergriff.

»Bevor die Musik richtig losgeht, möchte ich allen einen super Abend wünschen. Oh, nicht, dass ich es vergesse: Indra hat sich abgemeldet.«

»Was?« Sander durchfuhr es wie ein Schock. Indra kam nicht? Heike schien genauso überrascht. »Soll das ein Witz sein?«

»Nein«, sagte Claas. »Ihre Mutter hat angerufen. Sie ist zu müde.«

»Das versteh ich nicht«, entgegnete Heike.

»Ich geb nur weiter, was ich gehört habe«, erklärte Claas.

Sander starrte betrübt zu Boden. Sie war zu Hause geblieben, weil sie zu müde war. Das hieß, dass sie absolut nicht in ihn verliebt war. Er wäre auch mit vierzig Fieber gekommen...

»Wie findest du das Lied?«, fragte Tom.

»Äh, wie bitte?« Sander hatte die Musik gar nicht gehört. Seine Gedanken kreisten noch um Indra.

»Ich seh schon«, sagte Tom lachend. »Du hast dich noch nicht von unserer Aktion erholt.« Er schenkte sich eine Cola ein.

Sander störte es nicht, dass Tom sich umdrehte und ging. Er hatte keine Lust zu reden, er hatte zu nichts Lust. Er blickte zu der Gruppe Mädchen, die tanzten und Tom und Oliver jetzt auf die Tanzfläche zerrten. Sander lehnte an der Theke. Was sollte er hier noch?

»Mach schon«, hörte er eine Gruppe Mädchen tuscheln. »Frag ihn!« Als er sich zur Seite drehte, konnte er beobachten, wie sie Jette in seine Richtung schoben. Sie lachte nervös, als sie vor ihm stand. »Hör nicht auf sie«, sagte sie. »Sie sind ein bisschen durchgedreht. Sollen wir tanzen?«
Sander hatte eigentlich keine Lust zum Tanzen, aber was sollte er sonst tun? Er konnte schließlich nicht den ganzen Abend wie ein Zombie hier stehen bleiben. Und Jette gegenüber war es auch nicht nett.

»Okay.« Sander begann zu tanzen.

Hätte er Jette genauer angesehen, wäre ihm aufgefallen, wie verliebt sie ihn anguckte, doch seine Gedanken waren bei Indra. Er begriff nicht, wie er sich so hatte täuschen können. Er hatte geglaubt, dass sie diese Woche ein paarmal zu ihm herübergesehen hatte, aber das hatte er sich vermutlich nur eingebildet. Als das Lied vorbei war, blickte er Jette an, aber die schien sich nicht setzen zu wollen. Sander war es egal, der Abend war sowieso gelaufen, und so blieb er auf der Tanzfläche.

Wenn er geahnt hätte, dass Claas als Nächstes einen Schmusesong auflegte, wäre er von der Tanzfläche verschwunden, aber dazu war es jetzt zu spät. Jette legte ihre Arme um seinen Hals und bewegte sich langsam zum Rhythmus der Musik. Als er ihren Kopf auf seiner Schulter fühlte, schwante ihm bereits etwas.

»Alle mal herhören«, sagte Claas übers Mikrofon. »Der Abend fängt gut an. Ein donnernder Applaus für das Liebespaar des heutigen Abends: Jette Croenteman und Sander Koper.«

Alle im Raum fingen an zu jubeln und Sander fühlte sich hilflos, denn er wollte sich auf keinen Fall den Abend mit Jette abgeben. Wenn sie noch enger tanzte, bekam er garantiert Beklemmungen. Bevor sie auf die Idee kam, dass er auch in sie verliebt war, musste er etwas sagen. Was für ein Reinfall! Er hatte gehofft, mit Indra tanzen zu können, und jetzt klammerte sich Jette an ihm fest. Er fand es unhöflich, sie einfach stehen zu lassen. Bei Susan hätte er das gemacht, aber die fand er auch megaätzend.

Sander tanzte gequält weiter. Ihm brach der Schweiß aus, er hatte nicht gewusst, dass eine Nummer so lange dauern konnte. Jedes Mal, wenn Jette ihn ansah, drehte er schnell sein Gesicht weg, denn er fürchtete, dass sie versuchen könnte, ihn zu küssen. Daran mochte er gar nicht denken. Er wollte niemanden küssen, nie wieder.

Sander war froh, als das Lied endlich vorüber war. »Ich hol mir was zu trinken«, sagte er.

Jette griff nach seiner Hand. »Willst du nicht mehr mit mir tanzen?«

Sander seufzte. Musste er noch deutlicher werden? Anscheinend schon, denn sie ließ ihn nicht los.

»Nein, ich will nicht tanzen. Ich hab keine Lust mehr.« Und er zog seine Hand weg. »Frag lieber einen anderen.«

»Was soll die blöde Bemerkung?«, hörte er Susan sagen.

»Sie will mit dir tanzen, verstehst du das nicht? Sie ist in dich verliebt.«

Jetzt mischt sich diese blöde Kuh auch noch ein, dachte Sander. »Tut mir leid«, sagte er zu Jette. »Ich hab schon eine Freundin.« Er drehte sich um und verließ den Raum. Auf dem Flur holte er tief Luft. Diesen Abend hatte er sich wirklich anders vorgestellt.

Er blickte durchs Fenster und sah Tom und Oliver, die draußen standen und rauchten. Plötzlich war ihm auch nach einer Zigarette zumute, aber er riss sich zusammen. Seit sechs Wochen hatte er nicht mehr geraucht. Das wäre es nicht wert, jetzt wieder anzufangen.

Sander hatte keine Lust, wieder zurück zur Fete zu gehen. Schon gar nicht, als er durch die geöffnete Tür sah, wie Jette in Tränen ausbrach. Warum machte sie nur so ein Theater? Er war nicht in sie verliebt, und das lag nicht nur daran, dass er in Indra verknallt war. Die anderen Mädchen scharten sich nun um Jette, nur Heike und Dana hielten sich ein bisschen abseits. Susan warf ihm einen vernichtenden Blick zu. Als wenn er Jette mit Absicht zum Weinen gebracht hätte! Was hatte sie erwartet? Dass er sie küsste und morgen wieder fallen ließ, so wie Chris das machte? Er war froh, dass Bogard in der Küche war, denn er mochte nicht daran denken, dass er wieder seine gut gemeinten Ratschläge verteilte. Er konnte seine salbungsvolle Stimme schon fast hören. »Ja, ja, liebe Jungen und Mädchen, die Liebe ...« Das fehlte ihm noch. Sander entdeckte seine Jacke an der Garderobe und beschloss, nach Hause zu gehen. Vorher musste er sich

abmelden, sonst galt er noch als vermisst. Er betrat die Küche. »Ich gehe nach Hause«, teilte er Herrn Bogard mit. »Ich hab Kopfschmerzen.«
»Möchtest du vielleicht ein Aspirin?«, fragte Herr Bogard.
»Ich hab schon was genommen«, antwortete Sander. »Aber es hilft nicht.«
»Dann gute Besserung.« Herr Bogard brachte Sander zur Tür.
Als er draußen stand, fielen die ersten Schneeflocken.
Sander stieg auf sein Rad und fuhr auf die Straße. Wie sollte er zu Hause erklären, dass er so früh kam? Ganz sicher würde er seinen Eltern nicht den wahren Grund nennen.
Morgen vielleicht, aber nicht jetzt. Er bog rechts ab. Er wusste, dass Indra hier ganz in der Nähe wohnte, und am liebsten wäre er zu ihr gefahren. Aber was sollte sie ihm schon sagen? Dass sie zu Hause geblieben war, weil sie die Fete langweilig fand? Eine andere Antwort konnte er kaum erwarten. Es war klar, dass er keine Chance hatte.

Sanders Nase war rot und seine Finger waren steif vor Kälte, als er das Neubaugebiet erreichte. Er schaute auf seine Uhr. Es war erst neun. Vielleicht konnte er noch kurz bei Maarten vorbeifahren, der saß bestimmt mit Chris vor einem Video. Im Park rutschte er beinahe aus, so glatt war es durch den Schnee geworden. Auf der Wiese entdeckte er Maarten und Chris. Bei ihnen stand noch ein anderer Junge. Bei genauerem Hinsehen erkannte er Emil.
Er würde seine Freunde überraschen. Sander stellte sein

Fahrrad ab und nahm eine Handvoll Schnee. Als der Schneeball groß genug war, schlich er sich an. Maarten und Chris standen genau hinter einem Baum, aber Emil würde er treffen können. Er warf den Ball und versteckte sich hinter dem Busch.

Anscheinend hatte er genau ins Schwarze getroffen.

»Wer war das?«, hörte er Emils Stimme.

Von seinem Versteck aus konnte Sander beobachten, wie Emil sich suchend umschaute. Er wusste, dass seine Fußspuren ihn verrieten, denn Emil kam sofort in seine Richtung.

»Das wird dir noch leidtun!«, klang es wütend.

Ehe Sander sich versah, wurde er aus dem Gebüsch gezerrt und fest am Hals gepackt.

»Ich schlag dir die Birne ein, du Scheißkerl«, schrie Emil.

Sander fuhr erschrocken zusammen. Seine Mütze wurde ihm vom Kopf gerissen und weggeschmissen. Sander sah, dass Emil zum Schlag ausholte.

»He, hör auf!«, rief Sander.

Langsam ließ Emil seine Faust sinken und seine Wut wich einem schiefen Grinsen.

»Du hast dich mächtig erschrocken, was? Also, sei ehrlich. Du bist drauf reingefallen?«

Sander zitterte noch vor Schreck, als Maarten und Chris angelaufen kamen.

»Ich hab ihm einen Mordsschrecken eingejagt«, lachte Emil.

Das kann man wohl sagen, dachte Sander. Emil hatte ziemlich brutal gewirkt und einen Moment lang hatte Sander sogar geglaubt, Emil wolle ihn umbringen.

»Sollen wir es ihm geben?«

Als Maarten und Chris nickten, holte Emil sein Portemonnaie aus der Tasche. »Hier, das ist für dich.« Er reichte Sander einen Zehn-Euro-Schein.

»Wem hab ich das zu verdanken?«, fragte Sander.

»Wir haben gerade ein Portemonnaie mit vierzig Euro gefunden«, erklärte Emil.

»Aber ich war doch gar nicht dabei!«, sagte Sander.

»Nein«, sagte Emil. »Aber wir sind doch Freunde. Und Freunde teilen alles.«

Sander steckte das Geld ein. Er fand das richtig nett von Emil.

»Sollen wir bei mir zu Hause ein Video gucken?«, fragte Chris. »Ich bekomm hier Eisfüße.«

»Prima.« Sander hob sein Fahrrad aus dem Schnee.

Während sie zu Chris' Haus gingen, sah Sander Emils aggressiven Blick wieder vor sich. War es wirklich nur ein Scherz gewesen? Emil hatte richtig feindselig ausgesehen. Je länger Sander darüber nachdachte, desto wahrscheinlicher erschien es ihm, dass Emil wirklich hatte zuschlagen wollen und erst zurückgeschreckt war, als er Sander erkannt hatte. Er schien ein ziemlich aggressiver Typ zu sein. Wenn das so war, musste er sich vor ihm in Acht nehmen. Er blickte zu Emil, der vor ihm lief. Er konnte ihn nur schwer einschätzen und war hin- und hergerissen. Gerade eben hatte er ihm zehn Euro gegeben. Das war doch sehr anständig von ihm. Und überhaupt, Maarten und Chris waren nicht verrückt, denn wenn Emil tatsächlich ein Kleinkrimineller war, würden sie auch nicht mit ihm zusammen sein. Er musste endlich aufhören, ihn grundlos zu verurteilen. So viel Menschenkenntnis hatte er nun auch nicht. Schließlich hatte er auch geglaubt, dass Indra ihn mochte, aber die hatte sich nicht mal die Mühe gemacht, zur Klassenfete zu kommen. Nein, auf seine Intuition sollte er sich besser nicht verlassen.

4 »Wie geht es dir heute?«, fragte Indras Mutter, als sie ihre Tochter am Morgen weckte.

»Es geht schon.« Indra hielt sich wacker. Sie fühlte sich eigentlich überhaupt nicht gut, aber sie wollte unter allen Umständen zur Schule, um zu erfahren, wie die Klassenfete gelaufen war. Am besten fragte sie Dana, denn Heike war vielleicht nicht hingegangen. Allerdings musste sie es geschickt anstellen, schließlich sollte Dana nicht gleich merken, dass sie nur über Sander sprechen wollte. Sie musste wissen, ob Sander mit Jette getanzt hatte. Sie mochte gar nicht daran denken, dass die beiden nun miteinander gingen. In dem Fall konnte sie nur froh sein, nicht da gewesen zu sein. Allein schon die Vorstellung, dass er vor ihren Augen Jette küsste! Wenn sie die beiden in der Pausenhalle sah, konnte sie sich umdrehen und gehen, aber auf einer Fete war das schlecht möglich.

»Ich finde, dass du gar nicht gut aussiehst«, meinte ihre Mutter. »Mir wäre es lieber, du gingest zum Arzt.«

»Das geht nicht«, entgegnete Indra. »Wir schreiben in der ersten Stunde einen Deutschtest.«

»Deine Gesundheit geht vor. Ich mache einen Termin für dich.«

Indra hörte an der Stimme ihrer Mutter, dass jede Widerrede zwecklos war. Und vielleicht war es wirklich das Beste, wenn der Arzt sie untersuchte, dann wusste sie mit Gewissheit, dass es nur Stress war, und ihre Mutter würde mit dem Nörgeln aufhören.

»Du hast Glück«, sagte ihre Mutter, als Indra nach unten kam. »Der Arzt hat noch einen Termin frei. Gleich nach dem Frühstück kannst du zu ihm.«

Indra überlegte, dass sie dann in der Pause in der Schule sein würde. Das passte gut, dann konnte sie ihre Freundinnen gleich ausfragen. »Was hat Heike eigentlich gesagt, als du abgesagt hast?«, fragte Indra.

»Ach ja, da fällt mir ein«, sagte ihre Mutter, »ich hab Heike nicht gesprochen. Als ich anrief, war sie schon weg.«

»Oh nein!« Indra verschluckte sich beinah an ihrem Tee. »Dann ist sie ganz umsonst hingegangen.«

»Natürlich ist sie nicht umsonst hingegangen. Es war doch eure Klassenfete? Und sie geht doch auch in deine Klasse.«

»Sie wollte eigentlich nicht hin«, erklärte Indra. »Super, sie wird bestimmt wütend auf mich sein.«

»Mach dir da mal keine Sorgen«, sagte Indras Mutter. »Denk lieber an deine Gesundheit.«

»Du und deine Gesundheit.« Indra packte ihren Rucksack zusammen.

»Warte, ich komme mit. Ich muss nur eben bei der Arbeit anrufen, dass ich später komme.«

»Völlig unnötig«, meinte Indra. »Dann musst du die Zeit doch nacharbeiten.«

Das schien Indras Mutter nichts auszumachen, denn sie wählte bereits die Nummer.

Was Indra befürchtet hatte, trat ein: Im Wartezimmer des Arztes traf ihre Mutter eine Bekannte und berichtete ihr ausführlich von Indra. Dass sie in letzter Zeit so häufig müde war und sich gestern Abend auf dem Weg zur Klassenfete so schlapp gefühlt hatte, dass sie hatte umkehren müssen. Indra wusste nicht, wo sie vor Verlegenheit hinschauen sollte.

»Da stimmt etwas nicht«, sagte eine Frau. »Kinder sollten nicht so schnell müde werden.«

Kinder. Indra ärgerte sich schwarz. Als ob sie draußen noch Versteck spielen würde.

»Nein«, sagte ein alter Mann, »wenn man jung ist, sollte man das Leben genießen.«

Das fand Indra genauso idiotisch. Erwachsene dachten immer, dass man das Leben genießen solle. Als wenn alles nur schön und einfach war, wenn man jung war. Die sollten mal einen Tag mit in die Schule kommen. Eine Stunde bei Herrn Pulenburg und sie würden schreiend davonlaufen.

Indra blickte ungeduldig auf die Tür zum Sprechzimmer. Es dauerte Ewigkeiten. Dabei war nur ein Mann vor ihr gewesen, aber er war jetzt schon seit einer halben Stunde beim Arzt. Endlich ging die Tür auf.

Als sie aufgerufen wurden, betrat Indra zusammen mit ihrer Mutter das Sprechzimmer.

»Was kann ich für Sie tun?« Der Arzt blickte Indras Mutter an.

»Wir kommen wegen Indra«, antwortete ihre Mutter.

»Was hat sie für Beschwerden?«, wandte sich der Arzt erneut an Indras Mutter.

Indra glaubte, nicht richtig zu hören. Um wen ging es hier eigentlich? Ihre Mutter schien das Benehmen des Arztes völlig in Ordnung zu finden, denn sie schilderte ihm ausführlich, was Indra fehlte.

»Dann werde ich sie kurz untersuchen.« Der Arzt erhob sich. Er sollte lieber dich untersuchen, Mama, dachte Indra, aber sie sagte lieber nichts.

Nach der Untersuchung blickte der Arzt Frau Sandbergen an. »Ich denke, dass Indra das Pfeiffer'sche Drüsenfieber hat, aber zur Sicherheit muss sie morgen noch einen Bluttest machen.«

Damit hatte Indra nicht gerechnet. Sie war wirklich krank. Und dann auch noch so eine Krankheit, die sich richtig hinziehen konnte. Der Arzt erklärte, dass sie zur Schule gehen könnte, und nur an den Tagen, an denen sie Fieber hatte, gelb wurde und sich wirklich matt fühlte, zu Hause bleiben sollte. Während seiner Ausführungen blickte der Arzt Indra nicht einmal an und sie war einigermaßen überrascht, als er ihr beim Hinausgehen die Hand gab.

»Du hast es gehört, Mama, du hast das Pfeiffer'sche Drüsenfieber«, sagte Indra, als sie draußen standen. »Was meinst du, fühlst du dich gesund genug, um zur Schule zu gehen?«

Indras Mutter verteidigte den Arzt. »Du darfst es ihm nicht verübeln. Er ist vielleicht ein bisschen altmodisch, aber sehr erfahren.«

»Wie bitte? Ein bisschen altmodisch? Er ist einfach ein alter Knacker.« Indra setzte ihren Rucksack auf. »Ich geh zur Schule.«

»Schaffst du das?«, fragte Indras Mutter besorgt.

Es geht nicht anders, dachte Indra. Ich muss unbedingt meine Freunde sehen.

»Wenn ich auf der Arbeit bin, ruf ich in der Schule an, um Bescheid zu sagen«, sagte Mutter. »Sonst verstehen sie nicht, warum du in nächster Zeit manchmal nicht kommen kannst.«

»An deiner Stelle würde ich mal über einen anderen Arzt nachdenken.« Indra streckte ihrer Mutter grinsend die Zunge raus und stieg auf ihr Fahrrad.

Die Strecke zur Schule fiel Indra heute ganz schön schwer und sie brauchte doppelt so lange wie sonst, aber das war ihr egal. Den Deutschtest hatte sie glücklicherweise verpasst.

In der Schule ging sie direkt zu Herrn Meiers Zimmer. Zumindest behandelte er sie nicht wie der Arzt. »Ich höre dann von dir, wie der Bluttest ausfällt. Du musst selbst einschätzen, an welchen Stunden du teilnehmen kannst, Indra. Ich werde im Lehrerzimmer eine Notiz aufhängen, dann wissen die anderen Lehrer Bescheid. Gute Besserung.«

Indra ging in die Pausenhalle. Ihre Freunde mussten auch gleich kommen. Mit einem Mal wurde ihr mulmig, Sander tauchte sicher auch auf. Sie ging nervös in der Pausenhalle auf und ab. Es war gar nicht so einfach, verliebt zu sein.

Susan kam als Erste. »Du hast Nerven«, rief sie Indra zu. »Wir haben gerade den Deutschtest geschrieben.«

Indra beachtete sie nicht weiter, denn Susan war immer so plump, daran hatte sie sich mittlerweile gewöhnt.

»Na, ausgeschlafen?« Tom, Oliver und Claas kamen direkt auf sie zu.

»Schade, dass du gestern nicht gekommen bist, es war wirklich klasse«, sagte Oliver.

»Ich wäre gern gekommen«, erklärte Indra. »Aber es ging einfach nicht, ich fühlte mich total schlecht.«

»Ach«, meinte Claas. »Wir haben alle mal ein Tief.«

»Ich hatte kein Tief«, wehrte Indra sich. »Ich war gerade beim Arzt. Ich habe das Pfeiffer'sche Drüsenfieber.«

»Da hast du aber Glück«, sagte Claas. »Ich hab schon mal davon gehört. Du darfst zu Hause bleiben, wenn du keinen Bock hast, zur Schule zu gehen. Und dir fehlt eigentlich nichts, du fühlst dich nur ein wenig müde.«

»Oh, so eine Krankheit hätte ich auch gern«, meinte Tom. »Kannst du mich nicht anstecken?«

Indra wollte ihnen gerade erklären, dass das alles nicht so toll war, da entdeckte sie Heike und ging zu ihrer Freundin.

»Es tut mir leid, dass meine Mutter dich so spät angerufen hat. Warst du sauer?«

»Es war ein ziemlicher Reinfall«, sagte Heike, »schließlich bin ich nur deinetwegen hingegangen.«

»Ich konnte wirklich nicht«, erwiderte Indra.

Heike begann zu lachen. »Ich glaube, du hast dich nicht getraut, denn immerhin war es dein Plan, Sander um den Finger zu wickeln.«

»Ich bin nicht deswegen zu Hause geblieben«, sagte Indra. »Ich fühlte mich krank. Ich war schon losgefahren, musste aber dann umdrehen.«

»Nur seinetwegen . . .« Versonnen lächelnd deutete Heike auf Sander.

»Glaub mir . . .«, beteuerte Indra. »Ich war todmüde. Der Arzt meint, dass ich das Pfeiffer'sche Drüsenfieber habe.«

»Wenn du ein wenig müde bist, kannst du doch auf eine Fete gehen? Vor den Weihnachtsferien hab ich mich auch total müde gefühlt. Vielleicht hatte ich da auch dieses Drüsenfieber. Was weiß ich. Aber ich konnte immer noch was unternehmen.« Plötzlich musste Heike lachen. »Weißt du, wie das Pfeiffer'sche Drüsenfieber auch genannt wird? Die Kusskrankheit! Das heißt, du darfst jetzt niemanden küssen. Also vergiss Sander fürs Erste und komm beim nächsten Mal wieder zur Klassenfete. Keine Ausreden.«

Indra guckte auf den Boden. Warum glaubte Heike ihr nicht?

»Sei ehrlich zu deiner Freundin«, sagte Heike. »Übrigens, es war gestern Abend wirklich was los, aber vielleicht war es besser, dass du nicht da warst. Mit Sander wäre es doch nichts geworden.«

»Wieso?«

»Jette hat es auch probiert.«

Also doch, genau davor hatte Indra Angst gehabt. Sie hatte mit ihrer Vermutung richtig gelegen, dass Jette ebenfalls hinter Sander her war. »Haben sie sich geküsst?«

»Nein«, sagte Heike.

Gott sei Dank. Indra fühlte sich gleich etwas besser. »Er interessiert sich also nicht für Jette.«

»Nein«, antwortete Heike. »Sie haben allerdings zusammen

getanzt, aber als Jette mehr wollte, hat er ihr gesagt, dass er bereits eine Freundin hat.«

Indra erschrak. War es Heike ernst oder machte sie bloß einen dummen Scherz? Als sie ihr Gesicht sah, wusste sie, dass sie es ernst meinte.

Indras Blick wanderte durch die Pausenhalle. Sander stand an der Theke. Jetzt merkte sie, dass sie vor allem seinetwegen zur Schule gekommen war.

»Herbe Enttäuschung, was?«, meinte Heike und Indra merkte, dass sie ihrer Freundin leidtat. »Ich wäre auch traurig, wenn ich hören würde, dass Tobias längst eine Freundin hätte.«

»Aber er hat keine«, sagte Dana, die zu ihnen herüberkam. Indra blickte Dana an. Was wusste sie von Tobias?

»Sie hat ihn gestern kennengelernt«, erklärte Heike. »Weil du abgesagt hast, sind wir früh gegangen. Jette zog eine richtige Show ab, als wäre alles ein Riesendrama. Wir hatten keine Lust, uns das anzutun. Als Herr Bogard sich auch noch einmischte, haben wir uns aus dem Staub gemacht.«

»Zur Liebeshalle, äh . . . zur Sporthalle . . .« Dana strahlte.

»Es war echt spannend.« Und Heike erzählte, wie Tobias nach dem Spiel zu ihr gekommen war. »Dana hat auch einen Lover. Peter heißt er und ist ein Freund von Tobias.«

Indra spürte Eifersucht in sich aufsteigen, besonders, als sie hörte, dass Heike sich für Mittwochabend wieder mit Dana verabredet hatte. Sie hatten doch zu zweit gehen wollen? Sie jedenfalls hätte gewartet, bis es ihrer Freundin wieder besser gegangen wäre.

»Jetzt tut es dir sicher leid, dass du abgesagt hast. Dummkopf.« Heike meinte das nicht so, aber trotzdem versetzte es Indra einen Stich. Sie brauchte das Mitleid ihrer Freundin nicht, aber sie wollte, dass sie ihr zumindest glaubte. Indra spürte Tränen in sich aufsteigen. Das kam sicher auch von der Müdigkeit.

»Du kommst bestimmt drüber hinweg, dass Sander eine Freundin hat«, tröstete Heike sie. »Heute machen wir uns einen netten Nachmittag und gehen in unser Stammcafé. Claas, Tom und Oliver kommen auch. Und ob du nun müde bist oder nicht, du kommst mit. Ausruhen kannst du dich im Altersheim. Und jetzt hol ich was zu trinken. Was möchtest du?«

Indra hatte eigentlich überhaupt keinen Durst. Sie blickte hinüber zur Theke und zuckte zusammen, als sie Sander sah. Wenn er bloß nicht auch noch so gut aussehen würde, dachte sie, dann könnte ich ihn wenigstens vergessen.

Sander stand an der Theke in der Pausenhalle, als Tom auf ihn zukam. »Kannst du mir was pumpen? Ich bin völlig pleite.«

»Wie viel brauchst du?«, fragte Sander.

»Vier Euro«, antwortete Tom.

»Kostet der Museumseintritt inzwischen vier Euro?«, fragte Sander.

»Hör bloß auf«, lachte Tom. »Wir gehen in unser Stammcafé.«

»Hier, bitte.« Sander gab Tom das Geld. »Wiedersehen macht Freude.«

»Ich frag dich besser nicht. Du willst wahrscheinlich sowieso nicht mitkommen.« Tom steckte das Geld ein.

Sander musste grinsen, weil Tom recht hatte. Im letzten Jahr hatten sie ihn häufiger gefragt, aber er war nie mitgegangen. Schule war Schule und Freizeit war Freizeit, und das wollte er auch so getrennt halten. Er hatte auch noch nie jemanden aus der Klasse mit zu sich nach Hause genommen, allerdings verstand er sich mit den Jungen aus seiner Klasse immer besser. Besonders mit Tom, Claas und Oliver. Sie dachten über viele Dinge genauso wie er, was er von Chris und Maarten im Moment nicht gerade sagen konnte. Er spürte immer deutlicher, dass sie sich auseinanderlebten. Auch wenn er es sich nur ungern eingestand, es war einfach so.

Allein das Video, das Chris gestern Abend ausgesucht hatte. Sander hatte den Film total abstoßend gefunden. Er hatte keinerlei Handlung und alles drehte sich nur darum, wie einer den anderen zusammenschlug. Blöd, dass er überhaupt mitgegangen war. Und dann waren ihm auch noch in der letzten Nacht ständig die grausigen Bilder durch den Kopf gegangen. Das nächste Mal würde er nicht mitkommen und sie nach Hause schicken, wenn sie wieder halb betrunken bei ihm vor der Tür standen. So was brauchte er echt nicht.

»He, Koper.« Tigo stieß Sander an. »Weißt du, was ich nicht verstehe? Dass du so große Angst vor Mädchen hast. Wie kommt denn das?«

»Was willst du damit sagen?« Sander hatte keine Ahnung, worauf Tigo hinauswollte.

»Jette hat erzählt, dass sie in dich verliebt ist und dass du dich wie ein Angsthase aus dem Staub gemacht hast.«

»Ich hatte Kopfschmerzen.« Als Sander Tigos überheblichen Blick sah, bedauerte er innerlich, dass er überhaupt geantwortet hatte. Warum verteidigte er sich überhaupt? Er drehte sich zu Tom um, der hatte glücklicherweise nichts gehört.

Sander war froh, dass die Nervensäge ging, doch als er sich erneut umblickte, fiel ihm fast sein Rucksack aus der Hand. Indra stand an der Tür. Ruhig weitergehen, sagte er zu sich. Du musst sie dir aus dem Kopf schlagen. Aber er konnte seine Augen nicht von ihr abwenden.

»Wir sprechen mit Bogard über die Klassenfete«, sagte Claas. »Niemand hat für Englisch gelernt.«

Na klasse, dachte Sander. Müssen wir wieder davon anfangen? Ich hab wirklich tolle Erinnerungen an den Abend, aber das können die anderen ja nicht wissen.

Sie brauchten sich nicht groß anzustrengen, denn Herr Bogard begann selbst von der Klassenfete zu reden.

»Es war ein toller Erfolg, Leute. Nochmals mein Kompliment an die Festorganisation, auch im Namen meiner Frau. Ihr habt alles ordentlich hinterlassen. Abgesehen von dem Zwischenfall mit Jette ist alles gut verlaufen. Ich sehe, Jette, du lachst schon wieder.«

Hilfe, dachte Sander. Hoffentlich kommt er jetzt nicht auf mich zu sprechen! Doch zum Glück erwähnte Herr Bogard ihn mit keiner Silbe. »Das wiederholen wir«, fuhr er fort, »aber wir warten, bis es Indra wieder besser geht.«

Sander setzte sich aufrecht hin. Was sagte Herr Bogard da? Indra war krank? Er musste sofort mehr in Erfahrung bringen und stieß Tom an. Der wusste bestimmt mehr.

»Was hat denn Indra?«, fragte er so lässig wie möglich.

»Wie heißt es schnell wieder«, sagte Tom. »Diese Krankheit, bei der man immer so müde ist. Ach ja, Pfeiffer'sches Drüsenfieber.«

Sander hatte Mitleid mit Indra, aber gleichzeitig war er auch froh, denn wenn Indra das Pfeiffer'sche Drüsenfieber hatte, hatte sie wirklich nicht zur Klassenfete kommen können. Das rückte das Ganze in ein neues Licht. Vielleicht hatte er doch noch eine Chance? Aber dann sollte er schnell sein. Er sollte dafür sorgen, dass er möglichst oft in ihrer Nähe war.

»Geht ihr heute Nachmittag ins Café?«, fragte er Tom.

»Ja«, flüsterte der zurück. »Aber du willst mir doch nicht etwa sagen, dass du mitkommst?«

»Das muss wohl an deinem neuen Deo liegen«, entgegnete Sander grinsend.

»Darf ich erfahren, wovon ihr sprecht?«, mischte sich plötzlich Herr Bogard ein.

»Es ist ein Wunder geschehen«, erklärte Tom. »Sander ist ein Licht aufgegangen und er kommt mit ins Café.«

Oh nein, dachte Indra und stieß Heike an. »Wenn Sander mitkommt, gehe ich nicht«, flüsterte sie. »Ich hab keine Lust, mir anzuhören, wie verliebt er ist. Herzlichen Dank.«

Heike nickte verständnisvoll. »Da hast du doch eine gute Entschuldigung«, flüsterte sie zurück. »Das ist viel glaub-

würdiger als die dumme Ausrede gestern Abend, als du deine Freundin versetzt hast.« Heike grinste Indra an.
Indra wusste, dass es ein Scherz sein sollte, aber trotzdem fühlte sie sich getroffen.

5 Meist träumte Sander in Herrn Buthes Stunde ein bisschen vor sich hin. Wenn er zu etwas gar keine Lust hatte, dann war das Wirtschaft. Doch heute lehnte er sich nicht einfach auf seinem Stuhl zurück, er musste nachdenken. Er wollte sich einen Plan überlegen, schließlich würde er Indra in einer halben Stunde im Café treffen. Er sah es als seine zweite Chance und die wollte er unter keinen Umständen ungenutzt lassen. Es würde nicht einfach werden, dafür kannte Sander sich zu gut. In Gegenwart der anderen gelang es ihm bestimmt nicht, in Indras Nähe zu kommen. Er stellte sich meist zu ungeschickt an. In der Pausenhalle standen sie auch oft in der Gruppe zusammen, aber es war ihm noch nie gelungen, sie anzusprechen. Er musste versuchen, es so zu regeln, dass er Indra kurz allein sprach. Aber wie sollte er das anstellen?

Sander war so in Gedanken versunken, dass er nicht bemerkte, wie Herr Buthe ihn ansah.

»Und, Sander, hast du schon eine Lösung?«

»Nein, leider noch nicht«, antwortete Sander, der noch immer nicht wusste, wie er Indra alleine erwischen sollte. Erst als alle anfingen zu lachen, merkte er, was er gesagt hatte. Aber Herr Buthe war ganz beeindruckt von Sanders Antwort. »Ihr könnt ruhig lachen, aber mir wäre es lieber, wenn alle so reagieren würden. Es ist doch keine Tragödie, wenn man ein Problem nicht lösen kann.«

»Ja, klar, wir fangen gleich an zu heulen«, meinte Dana.

»In der Tat«, antwortete Herr Buthe. »Das würde ich gern sehen.«

»Dann müssen Sie Papiertaschentücher zu den Aufgabenzetteln legen«, sagte Tom.

Ohne weiter darauf einzugehen, blickte sich Herr Buthe in der Klasse um. »Wer kann uns sagen, wie diese Aufgabe gelöst werden muss? Du, Indra?«

Indra lief rot an, denn sie hatte wie Sander nicht aufgepasst, da sie die ganze Zeit über an ihn denken musste. Sie fragte sich, welcher Typ Mädchen ihm gefiel. Und wie lange er schon eine Freundin hatte. Sie dachte sogar daran, hinterher mitzugehen, nur um in seiner Nähe sein zu können. Aber sie wollte sich auch nicht unnötig quälen.

»Dauert es noch lange?« Herr Buthe wurde ungeduldig.

»Ich weiß die Antwort nicht«, sagte Indra.

»Warum sitzt du eigentlich hier, wenn du sowieso nicht aufpasst?«, entfuhr es Herrn Buthe. »Es ist schade um deine und vor allem um unsere Zeit. Du hältst den Unterricht unnötig auf.«

»Sie ist krank«, sagte Heike. »Sie sollten nicht so grob zu ihr sein.«

»Es tut mir leid, Indra. Ich hatte vergessen, dass ich dich entschuldigen muss. Ich hab nichts gesagt.« Herr Buthe wandte sich an einen anderen Schüler.

Indra fand es richtig nett von Heike, dass sie sich für sie eingesetzt hatte. Sie waren eben doch allerbeste Freundinnen.

»Danke«, sagte sie leise.

»Du hast eine prima Ausrede«, flüsterte Heike. »Die musst du auch gebrauchen.«

Indras Freude war schlagartig wieder verflogen. Warum glaubte Heike nur, dass es eine Ausrede war? Wenn Heike wüsste, wie schlapp sie sich fühlte.

»Und?«, fragte Heike, als es klingelte.

Indra wusste noch immer nicht, ob sie mitgehen sollte. Auch als sie draußen standen, hatte sie sich noch nicht entschieden.

»Wird's bald?«, rief Tom, der zusammen mit den anderen Jungen vor dem Tor stand.

Während sie vom Schulhof fuhren, versuchte Heike Indra noch zu überreden. »Es wird bestimmt lustig und du brauchst dich doch nicht um Sander zu kümmern. Ich bin doch auch noch da und du hast noch nicht alles über Tobias gehört.«

»Und auch nicht über Peter«, fügte Dana hinzu, die hinter ihnen fuhr.

Indra verstand sich selbst nicht mehr. Sonst war sie überhaupt nicht unschlüssig. Als sie die Allee entlangradelte, spürte sie wieder diese Müdigkeit. Eigentlich konnte sie nicht mitgehen. Wie sollte sie sich mit diesen Kopfschmerzen überhaupt unterhalten?

Auch Sander hatte sich noch nicht entschieden. Es gab zwei Möglichkeiten: Entweder fuhr er mit Indra nach Hause und sprach auf dem Weg über die Klassenfete oder er versuchte es jetzt. Ach, es ist doch egal, dachte er mit einem Mal. Er konnte von Glück sagen, dass er überhaupt noch eine Chance hatte. Heute Morgen hatte er noch geglaubt, er müsse Indra vergessen. Und jetzt fuhr sie dicht hinter ihm. Er riss sich zusammen, um sich nicht andauernd umzuschauen, das wäre zu auffällig. Tom merkte sich so was. Sander hatte ihn bereits gefragt, was Indra fehlte. Wenn Tom jetzt mitbekam, dass er zu Indra hinüberschielte, ahnte er garantiert, was los war.

Ich muss mich entscheiden, dachte Indra, als sie die Kreuzung erreichten. Doch sie hatte keine Wahl, so matt, wie sie sich fühlte. Sie konnte wirklich nicht mit, es ging nicht. »Bis morgen.« Sie bog rechts ab.

Sander drehte sich erschrocken um. Oh nein, dachte er, als er Indra um die Ecke biegen sah. Da fährt mein Plan. Am liebsten hätte er kehrtgemacht und wäre hinter ihr hergefahren, aber dann würde er sich endgültig zum Affen machen. Sander verstand sich selbst nicht. Das war schon das zweite Mal in dieser Woche, dass etwas total schieflief. Fast könnte man meinen, dass sie nicht zusammenkommen sollten.

»Mist!«, rief Heike, als sie an der Ampel standen. »Ich habe vergessen, Indra ihr Bioheft zurückzugeben.«

»Du fährst jetzt nicht hinterher«, sagte Dana. »Ich weiß schon, was dann kommt. Du bleibst stundenlang bei ihr und quatschst und wir sitzen und warten. Du kannst es ihr hinterher vorbeibringen.«

»Dann muss ich einen Riesenumweg machen«, erklärte Heike. »Das schaff ich nie, denn um fünf hab ich Nachhilfe.«

»Was für ein Aufstand wegen eines blöden Heftes«, meinte Tom.

Aber Sander fand das Heft überhaupt nicht blöd. »Ich kann es nachher bei Indra abgeben«, sagte er so gleichgültig wie möglich. »Ich muss eh in die Richtung.«

Heike holte das Heft aus ihrer Tasche und gab es Sander.

Er packte es ein und fuhr in bester Laune weiter. Allein die Vorstellung, dass Indras Heft in seiner Tasche lag! Er wäre am liebsten ganz vorsichtig weitergefahren.

»Seht euch die an, die sind total durchgeknallt!« Tom zeigte auf das Moped, das lautstark über den Bürgersteig knatterte.

»Unglaublich!« Das Moped raste ganz dicht an einer alten Dame vorbei.

»Der ist wohl nicht ganz dicht!« Sander kam sich vor wie im Film, aber das hier war echt. Der Junge, der hinten auf dem Moped saß, griff im Vorbeifahren nach der Tasche der Frau. Sie ließ die Tasche nicht gleich los und stürzte zu Boden.

»Die kriegen wir!« Claas fuhr hinter den Jungen her, aber an der Ecke gab er auf. Das Moped war einfach schneller.

»Was für Scheißkerle!«, rief Tom wütend.

Alle waren aufgebracht, nur Sander sagte nichts, sondern starrte verwirrt vor sich hin. Niemand achtete auf ihn, da sich alle um die alte Dame kümmerten, die ganz durcheinander war.

Heike wollte Hilfe holen, aber da ging schon eine Haustür auf und eine Frau eilte heraus. Sie half der alten Dame beim Aufstehen und brachte sie ins Haus. »Fahrt ruhig«, sagte sie. »Ich ruf die Polizei an. Könnt ihr was zu den Tätern sagen?«

»Nur, dass es zwei Jungen auf einem Moped waren.« Claas berichtete, dass er noch hinterhergefahren war, aber dass die Jungen da längst weg gewesen waren.

»Wer macht so was nur?«, sagte Heike, als sie weiterfuhren. »Das sind doch wirklich Kriminelle.«

»Ich hoffe, dass die Polizei sie kriegt«, meinte Oliver.

Aber das glaubte Claas nicht. »Ich hab keine Ahnung, wie sie aussahen. Du etwa?« Er blickte Sander an.

»Nein, natürlich nicht. Woher soll ich das wissen?« Sander merkte, dass er übertrieben heftig reagierte. Er trat in die Pedale. Er durfte sich absolut nichts anmerken lassen, denn er war sich nicht hundertprozentig sicher. Es war alles so schnell gegangen, aber einen Moment lang hatte er geglaubt, dass es Chris und Emil waren. Er dachte an seine Freunde. Würden sie so was machen? Er wurde wütend auf sich selbst. Wer verdächtigte seine eigenen Freunde? Was war bloß mit ihm los, dass er so was überhaupt dachte? War er neidisch, dass Maarten und Chris nun so häufig mit Emil zusammen waren? Lag es daran, dass er verliebt war? Wenn er davon so wirr im Kopf wurde, musste er schnell darüber hinwegkommen.

Natürlich waren es nicht Chris und Emil gewesen. Sie waren längst keine Kriminellen, nur weil sie ab und zu betrunken waren. Wie kam er überhaupt zu dieser Anschuldigung? Nur weil der Junge hinten auf dem Moped eine blaue Jacke und eine schwarze Mütze getragen hatte? So außergewöhnlich war das nun auch wieder nicht. Wenn er eine Viertelstunde unterwegs war, traf er mindestens auf fünf Jungen mit so einer Jacke, da war er sich sicher.

Sander betrat das Café, obwohl ihm eigentlich die Laune vergangen war, etwas zu trinken. Und jetzt musste er auch noch so tun, als wäre nichts passiert. Nachher würde er zu Indra fahren, aber im Moment war er nicht in der Stimmung, sie zu fragen, ob sie mit ihm gehen wollte.

Sander war nicht der Einzige, der sich nicht gut fühlte, der Zwischenfall hatte auch die anderen ziemlich geschockt. Tom versuchte, sie ein wenig aufzumuntern. »Was möchtet ihr trinken?«

»Ich hab nicht lange Zeit«, erklärte Sander.

»Das ist doch nicht zu glauben«, entgegnete Tom. »Nach anderthalb Jahren haben wir ihn endlich so weit, dass er mal mitkommt, und dann hat er nicht viel Zeit.«

»Ja.« Oliver zündete sich eine Zigarette an. »Und wir haben alles probiert, um ihn zu unterhalten. Ein paar Kriminelle gemietet. Meine Oma engagiert, die sich berauben lässt. Aber das scheint alles keinen großen Eindruck auf ihn zu machen.«

»Ich weiß schon, was mit Koper los ist«, meinte Claas. »Er hat Angst vor Heike.«

»Das ist normal«, nickte Tom zustimmend. »Das hatten wir anfangs auch, wenn wir ehrlich sind. Aber nachdem ich sechs Wochen in Gips auf der Intensivstation gelegen habe, hat sie mich in Ruhe gelassen. Wie war's denn bei dir, Oliver?«

Oliver zuckte mit den Schultern. »Nur ein Kinnhaken, aber

ich muss zugeben, dass ein künstliches Gebiss auch Vorteile hat.«

»Ich betrachte es eher als Aufnahmeprüfung. Wer unserem exklusiven Klub beitreten will, muss es vorher mit Heike aufnehmen. Was hast du dir für Sander überlegt, Heike?«

»Ich denke, ich sollte euren Dummejungenscherzen keinerlei Beachtung schenken«, sagte Heike. »Das macht keinen Spaß. Die Jungen auf dem Mofa haben mich auf eine Idee gebracht. Von nun an stürze ich mich auf alte Damen.«

»Wirklich schrecklich, nicht?«, meinte Dana. »Ich versteh nicht, dass man so was macht. Und nur wegen dem bisschen Geld.«

»Lasst uns von etwas anderem sprechen«, sagte Tom. »Wir wollen uns amüsieren.«

Die anderen nickten, aber Sander gelang es nicht, ein fröhliches Gesicht zu machen. Der Vorfall mit dem Moped wollte ihm nicht aus dem Kopf. »Ich gehe«, verkündete er unvermittelt.

»Vergiss nicht, das Heft abzugeben«, sagte Heike. »Du kannst es auch in den Briefkasten stecken.«

Aber daran dachte Sander nicht im Traum. Er war zwar nicht gerade in einer romantischen Stimmung, aber er wollte Indra auf jeden Fall sehen. Ihrer Mutter wollte er es nur im Notfall aushändigen, falls Indra nicht zu Hause sein sollte.

Sander stieg mit einem Seufzer auf sein Rad. Wenn es auch jetzt wieder nicht klappte, hatte er es mittlerweile drei Mal probiert, Indra zu fragen. Dann würde er endgültig aufgeben müssen.

Zehn Minuten später bog Sander in die Starenstraße und merkte, wie ihm zunehmend mulmiger wurde. Er stellte sein Rad gegen den Zaun und ging auf dem Weg entlang zum Haus. Sein Herz schlug ihm bis zum Hals. An der Haustür holte er tief Luft und drückte auf die Klingel.
Im Flur waren Schritte zu hören. Sander fragte sich, ob es Indra war, doch als sich die Tür öffnete, stand ihm Frau Sandbergen gegenüber.
»Hallo«, sagte Sander. »Ich möchte zu Indra.«
»Sie ist oben«, antwortete Indras Mutter. »Die Treppe hoch und dann die erste Tür links.«
Sie ist da, dachte Sander, als er nach oben lief. Er klopfte leise an und öffnete vorsichtig Indras Zimmertür. Sander wollte seinen Augen nicht trauen, als er Indra auf dem Bett sitzen sah. Sie war noch schöner als sonst und er dachte keine Sekunde mehr an Chris und Maarten. Sander konnte keinen klaren Gedanken mehr fassen. Das Biologieheft in den Händen, stand er da und starrte Indra an.
Indra war genauso überrascht von dem unerwarteten Besuch und wurde feuerrot, als sie Sander sah. Einen Augenblick glaubte sie, er sei nur ihretwegen gekommen, aber dann entdeckte sie das Heft.
»Oh, du bringst mir mein Heft.« Ihre Stimme klang enttäuscht.
»Ja«, erklärte Sander. »Heike hatte keine Zeit und ich war sowieso in der Nähe und hatte noch was zu erledigen.«
»Das ist nett«, sagte Indra.
Eigentlich sollte er jetzt gehen, aber das konnte er einfach

nicht. Er war viel zu glücklich, dass es ihm endlich gelungen war, in ihrer Nähe zu sein.

»Geht es dir etwas besser?«, fragte er.

Indra zuckte mit den Schultern. »Ich bin total müde, das nervt.«

»Ich kann es dir nachfühlen«, meinte Sander. »Ich hatte auch mal das Pfeiffer'sche Drüsenfieber. Ziemlich ätzende Krankheit. Man fühlt sich so krank, dass man am liebsten im Bett bleiben möchte und zu nichts Lust hat. Das macht einen ganz depressiv.«

»Genau«, sagte Indra. »Am schlimmsten ist, dass alle glauben, man tut nur so.«

»Na und? Das sollte dir egal sein.« Sander fragte sich, ob es nicht unhöflich war, wenn er noch blieb, aber Indra schien es nicht zu stören.

»Möchtest du etwas trinken?«, fragte sie.

»Gern.« Sander zog seine Jacke aus.

»Du hast ein schönes Zimmer«, sagte er, als Indra mit zwei Gläsern Limonade zurückkam. Er wartete, bis sie auf dem Bett Platz genommen hatte, und setzte sich dann schnell neben sie. »Wenn du müde bist, musst du es sagen, ja?«

»Nein, ich finde es ganz gemütlich.« Indra blickte Sander an. Wenn er keine Freundin hätte, würde sie ihn jetzt fragen.

»War es nett im Café?«

»Nicht besonders.« Sander berichtete ihr von dem Überfall auf die alte Frau und merkte, dass der Vorfall ihn immer noch beschäftigte. Als Indra wissen wollte, wie die Jungen ausgesehen hatten, wechselte er rasch das Thema und redete über die Klassenfete.

»Schade, dass du nicht kommen konntest«, sagte er.

Indra nickte. »Ich wäre gern da gewesen, aber es ging nicht. Wie lange hat das Pfeiffer'sche Drüsenfieber bei dir gedauert?«

»Ungefähr sechs Wochen«, antwortete Sander.

Indra stöhnte. »So lange?«

»Vielleicht geht es bei dir schneller, aber wenn du dich nicht gut fühlst, solltest du zu Hause bleiben und nicht in die Schule gehen. Sonst dauert es noch länger.«

»Dann verpasse ich eine ganze Menge«, meinte Indra.

Sander würde Indra liebend gern die Hausaufgaben vorbeibringen, auch wenn er dafür mitten in der Nacht aufstehen musste. Aber das konnte er ihr nicht vorschlagen. Indra hatte schließlich Heike. Auch wenn Heike nicht immer so zuverlässig war.

»Vielleicht ist es nicht so schlimm«, sagte Sander. »Wenn Heike dir jeden Tag die Hausaufgaben bringt, bleibst du auf dem Laufenden.«

Indra brach in lautes Lachen aus. »Heike und Hausaufgaben. Dann muss sie ja im Unterricht mitschreiben, und das macht sie eigentlich nie.«

»Dann übernehme ich das.« Sander spürte, dass er etwas zu begeistert klang. »Ich bin sowieso oft hier in der Nähe«, fügte er schnell hinzu.

»Das ist wirklich nett von dir!« Indra bereute ihre Worte sofort. Sander bedeutete es nichts, aber sie würde sich jeden

Tag auf seinen Besuch freuen. So würde sie Sander nie vergessen.

Sander merkte, dass er einen großen Schritt weiter war. Bevor er sich noch zu unüberlegten Äußerungen hinreißen ließ, verabschiedete er sich besser. »Ich geh jetzt, aber morgen fängt der Hausaufgaben-Service an.«

»Ach, das ist doch nicht nötig«, sagte Indra.

Also doch, dachte Sander. Sie hat gemerkt, dass ich mehr von ihr will, und das ist ihr unangenehm. Er versuchte, seine Enttäuschung so gut wie möglich zu verbergen.

»Dann nicht. Ich versteh schon, dass du keine Lust dazu hast.«

»Das ist es nicht. Aber, äh . . . ich glaube, dass deine Freundin nicht begeistert sein wird, wenn du jeden Tag zu mir kommst.«

»Meine Freundin?« Sander blieb vor Erstaunen der Mund offen stehen. »Ich hab überhaupt keine Freundin.« Er hätte zwar gerne eine, aber das brauchte Indra nicht unbedingt zu wissen.

»Aber du hast es doch auf der Klassenfete erzählt«, entgegnete Indra.

»Ach das . . .« Jetzt wusste Sander, wovon sie sprach. Wie blöd von ihm, so eine Ausrede zu gebrauchen. »Das hab ich nur so gesagt, um Jette nicht wehzutun.«

Indra wäre Sander am liebsten um den Hals gefallen, aber sie riss sich zusammen. Sie durfte nicht zu aufdringlich sein, sonst würde er noch einen Rückzieher machen, genau wie bei Jette.

»Du kannst nur hoffen, dass Tom das nicht gehört hat«, sagte Indra. »Sonst steht es in der nächsten Ausgabe der Schülerzeitung.«

Sander hätte Indra gern gesagt, was er für sie empfand, aber als er sie ansah, wurde er ganz verlegen, und bevor Indra das merkte, wandte er sich zum Gehen. »Bis morgen dann.« In Windeseile lief er die Treppe hinunter.

Sander stieg auf sein Rad und hätte am liebsten gerufen: Indra wird meine Freundin! Er hoffte, dass sie morgen in die Schule kam. Er würde dann sofort zu ihr gehen. Und wenn sie krank war, würde er sie zu Hause besuchen. Schließlich sollte sie alles mitbekommen. Und dafür würde er schon sorgen.

Sander war noch nie im Leben so froh gewesen, dass es Hausaufgaben gab. Was für eine super Erfindung!

6 Am nächsten Morgen wachte Indra auf und konnte kaum ihre Augen offen halten. Ihr war übel und ihr Kopf fühlte sich an wie Blei. Eigentlich hätte sie zu Hause bleiben müssen, aber das ging nicht. Sie musste heute zusammen mit Heike die Geschichtsstunde halten, und wenn sie nicht kam, wäre Heike ganz allein. Ihre Freundin hatte vor so was einen Riesenbammel. Als sie vor den Ferien ein Referat halten musste, hatte sie eine Woche vorher nicht schlafen können. Indra machte das nicht so viel aus, aber heute sah sie dem Ganzen eher mit Schrecken entgegen.

Sie setzte sich gerade hin. Für einen Augenblick verschwamm alles vor ihren Augen, doch nach ein paar Minuten ging es wieder. Zum Glück waren ihre Eltern schon weg, denn wenn ihre Mutter sie so sah, würde die sie erst gar nicht vor die Tür lassen. Und ganz sicher nicht nach dem Bluttest, der ergeben hatte, dass sie wirklich am Pfeiffer'schen Drüsenfieber erkrankt war. Es war kein wirklicher Schock für Indra gewesen und auch nicht für ihre Eltern, denn sie waren eigentlich längst davon ausgegangen, dass die Diagnose des Arztes richtig gewesen war. Manchmal half eine warme Dusche, aber heute Morgen machte auch die sie nicht munter.

Mit Ringen unter den Augen saß sie am Tisch. Hunger hatte sie auch keinen. Schon bei dem Gedanken an Frühstück wurde ihr übel. Als sie sich nach ihrer Tasche bückte, fing sie an zu weinen. Sie schaffte es nicht zur Schule. Erschöpft saß sie auf dem Sofa, als das Telefon klingelte.

»Einen schönen guten Morgen.« Indra erkannte Heikes Stimme sofort. »Ich wollte dich daran erinnern, die Dias mitzunehmen. Oder hast du sie schon eingepackt?«

»Ich bin total müde. Ich weiß nicht, ob ich heute zur Schule kommen kann.«

»Haha, du jagst mir echt einen schönen Schrecken ein. Darauf fall ich nicht rein. Stell dir bloß mal vor, wenn du wirklich nicht gehen könntest. Dann bliebe ich auch zu Hause. Ich stell mich doch nicht allein da hin, du etwa?«

»Das ist wirklich keine angenehme Vorstellung«, pflichtete Indra ihr bei. »Aber wenn du krank wärst, bliebe mir wohl nichts anderes übrig.«

»Ja, wenn ...«, unterbrach Heike sie. »Aber dann müsste ich schon mit vierzig Fieber im Bett liegen. Tom musste das letztens auch allein machen, als Tigo die Grippe hatte. Hast du ihm das geglaubt? Am nächsten Tag war er schon wieder in der Schule. Das wird uns zum Glück nicht passieren. Schließlich haben wir einander noch nie im Stich gelassen. Ich wollte die Stunde unbedingt zusammen mit dir halten, weil du die Einzige bist, der ich voll und ganz vertraue.«

Indra seufzte. Wie sollte sie es Heike nur verständlich machen? »Ich fühle mich heute Morgen hundeelend.«

»Was meinst du, wie ich mich fühle?«, entgegnete Heike. »Es stresst einen ganz schön, eine Unterrichtsstunde vorzubereiten. Ich hab kaum geschlafen.«

»Es liegt nicht daran«, erklärte Indra. »Es liegt am Drüsenfieber.«

»Dann hab ich das bestimmt auch«, sagte Heike. »In mei-

nem Kopf dreht sich alles. Wetten, dass es nach der dritten Stunde weg ist? Ach du Schreck, ich muss mich beeilen. Denk an die Dias, ja? Bis gleich.«
Bevor Indra noch etwas sagen konnte, hatte Heike aufgelegt. Niedergeschlagen stand sie da mit dem Hörer in der Hand und dachte an Heikes Worte: »Du bist die Einzige, der ich voll und ganz vertraue.« Sie würde zur Schule fahren müssen, auch wenn sie sich noch so krank fühlte. Schließlich konnte sie ihre Freundin nicht enttäuschen.
Indra ging zur Garderobe. Es fiel ihr sogar schwer, die Jacke vom Haken zu nehmen. Am liebsten wäre sie zurück ins Bett gekrochen. Wenn sie bloß eine Ohrenentzündung oder ein gebrochenes Bein hätte, dann hätte sie problemlos zu Hause bleiben können.

Heike legte einen Arm um Indra, als ihre Freundin eintraf.
»Du bist die Rettung!«
»Geht es dir so schlecht?«, stichelte Dana.
»Schrecklich«, sagte Heike. »Ich hasse solche Sachen.«
»Ich weiß, womit man dich aufheitern kann«, meinte Dana. »Tobias.«
»Das hilft nicht«, sagte Heike. »Da hilft gar nichts. Wenn wir doch jetzt gleich Geschichte hätten, dann hätte ich es wenigstens hinter mir.«
Das wäre Indra auch am liebsten, denn sie fühlte sich jetzt noch schlechter als zu Hause. Sie musste zwei Fünftklässlern ausweichen, die über den Schulhof liefen. Als die beiden Indra anrempelten, verlor sie fast das Gleichgewicht.

Sie schaute überrascht auf, als Sander auf den Schulhof fuhr.

Auch Sander blickte sofort zu ihr herüber. Er fand, dass sie krank aussah, aber er sagte nichts, sondern lächelte ihr nur verstohlen zu. Er mag mich, dachte Indra, er mag mich wirklich. Für einen kurzen Augenblick hatte sie ihre Müdigkeit vergessen und sie hätte gern Heike alles erzählt, aber Sander blieb bei ihnen stehen.

»Was haben wir als Nächstes?«, fragte Claas.

»Meister Schwafel persönlich«, antwortete Tom. »Kamerman braucht nur drei Minuten zu reden und ich schlaf ein.«

»Das ist nicht weiter schwierig«, lachte Oliver. »Mir scheint, du bist noch gar nicht richtig wach. Meister Schwafel haben wir erst in der zweiten. Erst haben wir noch bei unserem Stresskaninchen.«

»Ach du Schreck!« Sie fassten sich an den Kopf.

»Aber nein, Leute«, meinte Tom fröhlich. »Das wird ein Spaß, wetten?«

Kichernd gingen sie ins Schulgebäude. Unauffällig versuchte Sander, in Indras Nähe zu kommen.

Frag sie doch, sagte er sich. Wenn du dich jetzt nicht traust, traust du dich nie. Gleich würde Heike wieder neben ihr stehen.

Indra spürte die Spannung und wollte etwas sagen. »Hast du für Bio gelernt?« Sie merkte selbst, wie aufgesetzt das klang, aber ihr fiel nichts Besseres ein.

»Nein«, antwortete Sander. »Und du?«

»Ich musste wohl oder übel«, sagte Indra. »Schließlich

gibst du dir alle Mühe, damit ich auf dem Laufenden bleibe.«

Sander lachte verlegen. »So viel Mühe macht das nicht. Ich wollte dich was fragen. Hast du Lust, Freitagnachmittag mit mir ins Kino zu gehen?«

»Oh ja, gern sogar«, antwortete Indra strahlend.

Sie geht mit, dachte Sander. »Super, abgemacht.« Bevor Indra es sich anders überlegen konnte, lief er schnell hinter Tom her.

Sander hatte noch nie mit einem solch strahlenden Gesicht im Unterricht gesessen. Sogar Tom fiel es auf. »Na, wohl gute Laune, was? Wie kommt's?«

»Das hättest du gern gewusst, was?«, schmunzelte Sander. »Du hast sicher noch Platz in deiner Klatschspalte.«

»Ich komm schon noch dahinter«, zog Tom ihn auf. »Wetten?« Sander musste laut lachen. Die Schülerzeitung lasen viel zu wenig Leute! Er hätte es am liebsten mit einem Lautsprecher durch die ganze Stadt gebrüllt.

Hallo, hallo, es folgt eine Durchsage an alle Jungen zwischen fünfzehn und achtzehn Jahren. Es tut mir leid um euch, aber vergesst am besten das tollste und hübscheste Mädchen, das auf dieser Welt herumläuft. Indra Sandbergen geht mit mir ins Kino...

Indra würde ganz schön verwundert dreinschauen, wenn sie das hörte.

Sander bemerkte, wie Tom versehentlich seinen Füller fallen ließ.
Herr de Wit brauste sofort auf. »Wir wollen erst gar nicht mit diesem Blödsinn anfangen, Tom Sprenger.«
Alle schauten sich verwundert an. Was war denn in ihren Lehrer gefahren?
Keine fünf Minuten später stand Tom auf und lief nach vorn. Sofort fuhr Herr de Wit ihn an: »Was hast du denn jetzt vor?«
»Ich kann nicht gut lesen, was an der Tafel steht«, erklärte Tom.
»Ich finde, es ist an der Zeit, dass du dich bei Herrn Meier meldest.«
Die Klasse protestierte. »Tom hat doch nichts Schlimmes gemacht!«
»Ich finde, es ist an der Zeit, dass Sie sich beim Psychiater melden«, sagte Tom, ohne eine Miene zu verziehen.
Alle fingen an zu klatschen.
De Wit lief vor Wut rot an. »Raus. Ich will dich für den Rest der Woche nicht mehr sehen.«

Indra blickte auf ihre Uhr. Noch fünf Minuten, und de Wits Gemeckere hatte endlich ein Ende. Dann blieb ihr noch eine Stunde bis zu Geschichte. Ihr war so elend zumute, sie konnte kaum noch aufrecht sitzen und sie fühlte sich jede Minute schwächer. Als es klingelte und sie die Klasse verließ, wurde ihr schwindelig. Sie versuchte, Heikes Aufmerksamkeit auf sich zu lenken, aber ihre Freundin sprach nur über die Geschichtsstunde. Ganz schön was los auf dem

Gang, dachte Indra. Ihr brach der Schweiß aus und für einen Augenblick hatte sie das Gefühl zu stürzen. Sie lehnte sich an die Wand.

»Was hast du, du bist ganz gelb im Gesicht?« Sander kam auf sie zu. »Du bist krank, du musst nach Hause.«

Indra schüttelte den Kopf. »Ich muss zusammen mit Heike die Geschichtsstunde halten.«

»Was soll denn das Thema der Stunde sein?«, fragte Sander. »Wie man mit Pfeiffer'schem Drüsenfieber vor der gesamten Klasse zusammenbricht?«

Da merkte Indra, wie verrückt es war, nicht nach Hause zu gehen. Geschichtsstunde hin oder her, sie musste sich hinlegen.

»Soll ich dich nach Hause bringen?«, fragte Sander.

»Nein«, antwortete Indra. »Es geht schon, aber ich muss mit Heike sprechen.« Zusammen mit Sander ging sie den Flur entlang. Heike stand mit Dana vor dem Matheraum.

»Ich schaff es nicht«, sagte Indra. »Ich muss wirklich nach Hause.«

»Du kannst jetzt nicht gehen«, erklärte Heike. »Du lässt mich nicht im Stich.«

»Du siehst doch, dass sie krank ist«, mischte Sander sich ein.

Indra sah ihre Freundin flehentlich an.

»Die eine Stunde wirst du doch noch durchhalten?«, meinte Heike. »Mir zuliebe. Dann begleite ich dich anschließend nach Hause und du kannst den Rest der Woche zu Hause bleiben.«

»Ich würde gern bleiben«, brachte Indra hervor. »Aber ich schaff es einfach nicht.«

»Stellst du dich so an, weil Heike zusammen mit mir in der Sporthalle war?«, wollte Dana wissen.

Jetzt meinte Heike zu wissen, was sie angerichtet hatte. »Ich wollte dir nicht wehtun. Du bist doch meine beste Freundin, das weiß Dana auch. Klar hätte ich auf dich warten sollen. Schließlich waren wir verabredet. Tausendmal Entschuldigung. Vergibst du mir?«

»Ich bin dir überhaupt nicht böse«, sagte Indra. »Ich fühl mich einfach unheimlich schwach, ich muss nach Hause.« Ihr kamen fast die Tränen. Warum wollte Heike ihr nicht glauben?

»Wenn du mir nicht böse wärst, würdest du mich jetzt auch nicht im Stich lassen«, behauptete Heike. »Sei ehrlich! Ich seh dir an, dass ich recht habe.«

Indra wusste weder ein noch aus. Was sie auch sagte, Heike glaubte ihr einfach nicht, dass sie wirklich krank war. Sie drehte sich um und ging davon. Die Tränen liefen ihr über die Wangen.

Sander war schon fast zu Hause, als er merkte, dass alle Leute ihm hinterherschauten. Mit einem Mal wusste er, warum, denn die ganze Zeit über hatte er zur Musik auf seinem Walkman laut mitgesungen. Er musste über sich selbst lachen. Was für ein Tag! In Buthes Stunde hatte er nicht still sitzen können und war vor die Tür geschickt worden. Und im Sportunterricht hatte er ein Tor nach dem anderen geschos-

sen. Und das nur, weil Indra mit ihm ins Kino ging. Morgen schrieb er einen Physiktest, aber für den würde er heute nicht lernen. Das war ein Tag zum Feiern. Wie lange hatte er darauf warten müssen? Bis vor Kurzem hatte er noch geglaubt, keinerlei Chancen bei Indra zu haben. Und nun konnte sein Traum endlich wahr werden! Da war an Hausaufgaben nicht zu denken, das musste gefeiert werden.
Sander war überrascht, als er den Wagen seines Vaters vor dem Haus entdeckte, aber dann fiel ihm ein, dass er heute einen freien Tag hatte. Unter keinen Umständen sollte sein Vater ihm seine Ausgelassenheit anmerken, deshalb versuchte er, so normal wie möglich zu sein, als er das Haus betrat.
»Ich mache mir gerade einen Tee.« Herr Koper nahm einen Becher aus dem Schrank. »Oh ja«, bemerkte er dann beiläufig. »Es hat ein Mädchen für dich angerufen.«
Sander sprang sofort auf. »Indra?«
»Nein«, antwortete sein Vater. »Kim.«
»Ach die.« Es war offensichtlich, dass Sander enttäuscht war. Kim hatte mit ihm zusammen die Grundschule besucht und sie hatten dasselbe Hobby gehabt: Briefmarken. Sander musste grinsen, als er daran dachte, wie fanatisch sie gewesen waren. Sein gesamtes Taschengeld hatte er für neue Briefmarken ausgegeben und sogar einen Briefmarkenklub gegründet. Kim wollte sicher Briefmarken tauschen. Er hatte schon ewig keine Marken mehr gesammelt. Sein Briefmarkenalbum lag irgendwo in seinem Schrank vergraben. Kim konnte seine Briefmarken gern haben, wenn sie wollte.

»Sie heißt also Indra?« Sanders Vater rührte mit einem spitzbübischen Gesichtsausdruck in seinem Tee.
Oh nein, stöhnte Sander innerlich, das fehlt noch. Ich stell mich am besten dumm.
»Ein außergewöhnlicher Name«, bemerkte sein Vater.
Sander spürte, wie er rot wurde. Es hatte eh keinen Zweck, noch länger Versteck zu spielen. »Sie ist auch außergewöhnlich.«
»Mein Sohn ist also verliebt...«
»Kann man so sagen.« Sander hoffte, dass sein Vater nicht weiter nachfragte, aber da hatte er sich leider gründlich getäuscht.
»Wie schön, mein Junge, in deinem Alter bin ich auch häufiger verliebt gewesen. Ein herrliches Gefühl. Du meinst, es sei was ganz Besonderes, aber bei mir hielt es nie länger als zwei Wochen und dann war es wieder vorbei. So wird es dir auch gehen. Heute heißt sie Indra und morgen Hester und dann...«
»Ja, ist schon gut.« Sander ärgerte sich. Seine Gefühle für Indra würden nicht so einfach verfliegen.
»Du brauchst dich nicht aufzuregen«, sagte sein Vater. »So ist es nun einmal. Sei froh. Das Leben ist noch ernst genug.«
Sander trank einen Schluck Tee. Mit seinem Vater war nicht zu reden. Schade, er hätte gern jemanden ins Vertrauen gezogen. Fast hätte er Tom angerufen. Wahrscheinlich, weil der neulich einfach so von seinen Eltern erzählt hatte und sich beklagt hatte, dass sie sich dauernd stritten.
Er war noch nie so offen ihm gegenüber gewesen und es

war klar, dass Sander ihm mehr bedeutete als jemand, der zufällig neben ihm saß. Fast hätte Sander ihm alles über Indra erzählt, aber im Nachhinein war er froh, dass er seinen Mund gehalten hatte. Selbst wenn Tom es nicht in der Schülerzeitung brachte. Er kannte ihn noch nicht gut genug, aber er musste mit jemandem sprechen. Sollte er es Maarten und Chris erzählen? Vor einem halben Jahr hätte er sich diese Frage gar nicht gestellt. Da war es noch selbstverständlich gewesen, dass sie alles miteinander teilten. War es nicht merkwürdig, dass sie von nichts wussten? Das war keine Kleinigkeit. Indra war ihm sehr wichtig. Wenn er die beiden ausschloss, wurde die Freundschaft auch nicht besser. Er wollte doch, dass sich zwischen ihnen wieder alles einrenkte? Dann musste er auch etwas dafür tun.

Sander stand auf. »Ich geh noch kurz zu Maarten und Chris.«

Sander fuhr zum Vogelweg, doch Maartens Mutter erklärte ihm, dass ihr Sohn nicht zu Hause war. Kurze Zeit später probierte er es bei Chris, aber dort war auch niemand.

Sander vermutete, dass sie sich im Einkaufszentrum herumtrieben, doch als er durch den Park radelte, sah er sie dort. Schade, dass Emil bei ihnen war!

Sander nahm sich vor, nichts von Indra zu erzählen und zu warten, bis Emil gegangen war.

»He, ich hab euch schon gesucht.« Sander stieg ab und hörte, dass sie von einem Mädchen aus ihrer Klasse sprachen. Er konnte dem Gespräch nicht folgen, aber das störte ihn nicht. Er kannte das Mädchen sowieso nicht. Er blickte zu ei-

nem Jungen hinüber, der allein Fußball spielte, und war begeistert von seinen Tricks. Er schaffte es, dass der Ball kaum den Boden berührte. Er war nicht älter als sieben. Jetzt wird er übermütig, dachte Sander, als der Kleine seine Tricks nun im Laufen probierte.
Er hatte richtig gesehen. Der Ball flog in ihre Richtung.
Sander wollte ihn aufheben, aber Emil war schneller. »Das machst du nicht noch einmal, verstanden? Los, verzieh dich!« Emil schoss den Ball absichtlich in die entgegengesetzte Richtung.
Der Ball rollte zum Teich hinüber, doch der Junge flitzte schnell hinterher und konnte gerade noch verhindern, dass er ins Wasser fiel.
»Und, was geht?«, fragte Maarten.
»Ich spendier ein Video«, sagte Emil.
Dazu hatte Sander keine Lust, denn er kannte Emils Geschmack. Er wollte sich nicht wieder stundenlang brutale Actionfilme anschauen, da lernte er besser für Physik.
»Schaut euch ruhig das Video an«, sagte er. »Ich hab noch eine Menge Hausaufgaben.«
Maarten versuchte Sander zu überreden, aber Sander blieb bei seinem Entschluss. »Ich seh euch dann morgen.«
Er war fast bei der Brücke, da hörte er Emil rufen: »He, du Idiot, ich hab dich gewarnt!«
Als Sander sich umdrehte, sah er, dass Emil erneut den Ball des Jungen genommen hatte. Der Junge wollte den Ball wiederhaben, aber Emil holte grinsend ein Messer aus seiner Tasche. Sander verstand nicht so recht, was so lustig daran

war, den Jungen dermaßen einzuschüchtern. Emils Messer hatte den gewünschten Erfolg, denn der Junge begann zu schreien. »Bitte nicht! Ich hab ihn gerade erst bekommen.«
Ja, jetzt reicht's, gib ihm den Ball zurück, dachte Sander. Emil schien anders darüber zu denken, denn er stach mit dem Messer in den Ball.
»Du gemeiner Kerl«, rief der Junge. »Das werd ich meinem Vater erzählen.«
»Ich warne dich«, schrie Emil ihn an. »Ein Wort und ich stech dich auch kaputt.«
Sander war fassungslos. Seine erste Reaktion war, dem Jungen hinterherzulaufen, aber davon bekam der seinen Ball nicht zurück. Wütend blickte er Emil an, der sich freute, als hätte er bei einem Wettkampf gewonnen. Er konnte nicht verstehen, warum Maarten und Chris nicht eingriffen.
Sander ging zurück. »So ein Ball kostet bestimmt fünfzehn Euro.«
»Pech für den Kleinen«, sagte Emil ungerührt.
»Pech für euch«, entgegnete Sander. »Ihr werdet ihm einen neuen Ball kaufen müssen.«
Maarten und Chris blickten ihn unschlüssig an, doch Emil wurde böse. »Was mischst du dich überhaupt ein, du musstest doch so dringend Hausaufgaben machen?«
»Ich misch mich ein, weil der kleine Junge dasteht und heult. Ihr müsst ihm einen neuen Ball kaufen.«
»Hey, bleib normal«, sagte Emil.
»Als ob das normal ist.« Sander baute sich vor Maarten und Chris auf. »Versprecht dem Jungen, dass er einen neuen

Ball bekommt. Na los«, fuhr er fort, als sie nicht reagierten. »Er kann einem doch wirklich leidtun.«

Aber Maarten und Chris rührten sich nicht von der Stelle.

»Ihr macht es also nicht.« Sander blickte seine Freunde an. »Ihr lasst den Jungen einfach nach Hause gehen? Ganz schön übel!« Als er keine Antwort erhielt, sagte er: »Gut. Dann will ich nichts mehr mit euch zu tun haben.«

»So läuft das nicht.« Emil hielt ihn fest. »Zuerst gibst du mir meine Kohle wieder.«

»Welche Kohle?«, fragte Sander.

»Die zehn Euro, die du von mir gekriegt hast, und den Fünfer fürs Billardspielen.«

Damit hatte Sander nicht gerechnet. »Zehn kannst du zurückbekommen, aber den Fünfer hab ich nicht mehr.«

»Du hast bis Freitag Zeit«, sagte Emil. »Sonst weiß ich, wo ich dich finden kann.«

Sander drehte sich um und ging davon. Zuerst war er nur wütend, doch dann drang langsam zu ihm durch, dass Maarten und Chris sich auf Emils Seite gestellt hatten. Er war sich sicher, dass sie genauso dachten wie er, dass sie das genauso schlimm fanden, aber sie hatten wahrscheinlich Angst, Emil vor den Kopf zu stoßen. Er war ihnen wohl egal. Anscheinend war ihnen Emil wichtiger und sie hatten ihn einfach gegen Emil eingetauscht, als wäre ihre langjährige Freundschaft ohne Bedeutung.

Und er hatte gehofft, dass alles wieder so würde wie früher. Aber das war jetzt unmöglich geworden. Von ihrer Freundschaft war nichts mehr übrig geblieben, rein gar nichts.

Plötzlich merkte Sander, dass ihm Tränen in die Augen traten. Er fühlte sich von seinen Freunden verraten. Er konnte nichts dagegen tun, er musste weinen. Hastig zog er seine Mütze über die Augen.

7 Indra war sofort ins Bett gegangen, als sie nach Hause gekommen war. Sie war völlig erschöpft gewesen und sofort eingeschlafen. Es war bereits Nachmittag, als sie wieder aufwachte. Ganz durchgeschwitzt richtete sie sich auf. Sie hatte geträumt, dass Heike die Stunde vergeigt hatte. Frau Kager war verärgert gewesen und hatte Heike nach Hause geschickt. In ihrem Traum hatten alle Indra angeschrien und ihr vorgeworfen, alles sei allein ihre Schuld gewesen: Sie hatte Heike im Stich gelassen.

Indra setzte sich auf den Bettrand. Natürlich brauchte sie sich keine Sorgen zu machen, denn Heike hatte die Stunde sicherlich gut gehalten. Schließlich hatten sie sich ausführlich vorbereitet. Indra hatte das meiste recherchiert, sie brauchte sich also nicht allzu schuldig zu fühlen.

Sie stand auf und ging nach unten. Sie hoffte, dass Heike nachher vorbeikam. Darauf wetten wollte sie nicht, schließlich hatte Heike es ihr übel genommen, dass sie nach Hause gegangen war. Wenn sie nichts von ihr hörte, würde sie nachher anrufen. Sie hatte keine Lust auf Streit.

Ein Blick auf die Uhr sagte ihr, dass die letzte Schulstunde bald vorbei sein würde und Heike in einer Viertelstunde bei ihr sein konnte. Sie wollte ihre Freundin überraschen. Aber womit? Heike aß nicht gern Süßigkeiten. Da fiel ihr etwas ein. Gestern Abend hatte sie Heikes Lieblingslied im Radio gehört und aufgenommen. Indra legte die Kassette in den Rekorder, dann brauchte sie nachher nur auf PLAY zu drücken, wenn Heike kam. Sie wollte sich gerade etwas zu trinken eingießen, als es klingelte. Das war Heike! Indra stellte die Musik laut. Gut, dass ihre Eltern nicht da waren, es war so laut wie in einer Diskothek. Als sie die Tür öffnete, stand draußen auf der Treppe jedoch nicht Heike, sondern ihr Bruder René.

»Hallo«, sagte er. »Darf ich kurz reinkommen?«

»Natürlich.« Indra hielt ihm die Tür auf. Eigentlich war sie froh, dass er vorbeikam. Er schien nicht mehr sauer auf sie zu sein, weil sie ihn abgewiesen hatte. Sie war in der Schule das Gefühl nicht losgeworden, dass er ihr aus dem Weg ging, und das hatte sie auch nicht gut gefunden.

»Einen Moment.« Indra stellte den Kassettenrekorder leiser. »Möchtest du eine Cola?«

»Nein, ich wollte mit dir reden. Ich habe von Heike gehört, dass es dir nicht gut geht.« René setzte sich zu Indra aufs Sofa.

»Ich hab das Pfeiffer'sche Drüsenfieber«, erklärte Indra. »Ich fühle mich die meiste Zeit todmüde und heute musste ich sogar nach Hause gehen. Ich hab fast den ganzen Tag geschlafen.«

»Die Krankheit hast du seit unserem letzten Gespräch, oder? Heike hat erzählt, dass du an dem Abend auch nicht auf der Fete warst.« René rückte ein Stück näher an sie heran. »Mir geht es momentan auch nicht blendend. Ich weiß, dass wir zusammenpassen, und du weißt das auch, sonst würde es dir nicht so schlecht gehen.«

Schreck, lass nach, dachte Indra. Renés Liebesgeflüster

ging ihr auf die Nerven. Was für einen Blödsinn redete er da! Sie war schon in den Wochen vorher krank gewesen, und das wusste er auch.

»Ich weiß, dass du in mich verliebt bist, Indra. Warum zierst du dich so? Es ist doch schade, dass du hier so allein herumsitzt und romantische Musik hörst?«

René nahm Indras Hand. »Keine Angst, ich werde dich nicht noch einmal fragen, ob du mit mir gehen willst. Aber vielleicht können wir am Wochenende etwas unternehmen? Wie wär's mit Freitagabend?«

»Das geht nicht«, sagte Indra. »Da habe ich schon eine Verabredung.«

»Bestimmt mit Heike. Das ist doch kein Problem. Das verschiebt sie bestimmt.«

»Ich bin nicht mit Heike verabredet.« Ich muss es ihm sagen, dachte Indra. Das ist besser für alle und er merkt dann wenigstens, dass ich nicht in ihn verliebt bin. »Ich habe eine Verabredung mit einem Jungen.« Indra merkte, wie René zusammenzuckte. »Tut mir leid«, fügte sie hinzu. »Ich will dir wirklich nicht wehtun, aber ich bin in jemand anderen verliebt.«

»In wen?«, fragte René. »Oder darf ich das nicht wissen?«

»In Sander.« Indra bemerkte, dass sie rot wurde, als sie seinen Namen aussprach.

»Sander . . . dieser Blödmann?«, fragte René. »Das meinst du doch nicht ernst.«

Indra wurde böse. »Er ist kein Blödmann, sonst hätte ich mich auch nicht in ihn verliebt.«

»Du gehst also nicht mit mir aus?«

»Nein«, antwortete Indra. »Ich möchte das nicht.«

»Ich kann warten.« René erhob sich und ging zur Tür. »Es wird schon zwischen uns, mach dir keine Sorgen.«

Als René gegangen war, merkte Indra, wie wütend sie war. Wie konnte er sagen, es würde schon zwischen ihnen? Er nahm sie einfach nicht ernst. Er konnte sich die Idee aus dem Kopf schlagen, schließlich war sie mehr als deutlich gewesen.

Indra blickte nach draußen, aber Heike kam nicht. Wahrscheinlich war sie nach der Schule nach Hause gefahren, sonst wäre sie schon längst da gewesen. Wenn sie mit ihr sprechen wollte, sollte sie am besten gleich anrufen. Sie würde nicht erwähnen, dass René bei ihr gewesen war. Vielleicht wäre René das peinlich. Sollte er es doch seiner Schwester selbst erzählen. Indra nahm den Telefonhörer und wählte Heikes Nummer. Sie bereitete sich schon innerlich darauf vor, dass Heike nicht sehr freundlich reagieren würde.

»Hallo«, sagte sie, als Heike sich meldete. »Ich wollte wissen...«

Heike ließ Indra nicht mal ausreden. »Es lief prima. Ich hab eine Zwei bekommen. Es war eigentlich gar nicht so schlimm, dass ich die Stunde allein halten musste. Jetzt weiß ich wenigstens, dass ich es kann. Ich habe geglaubt, ich müsste Ewigkeiten reden, aber die Stunde war ruck, zuck vorbei.«

»Du bist also nicht mehr sauer auf mich?«

»Sauer? Ich bin in Festtagsstimmung. Ich bin schon so gut wie auf dem Weg zu dir. Bist du zu Hause?«

»Ja, klar«, antwortete Indra.

»Dann bin ich gleich bei dir. Ich muss noch den Obstkorb packen. Ich hab schon eine Banane und eine Birne und hier liegt noch eine Mandarine. Schließlich muss ich meine Freundin ordentlich pflegen.«

Damit hatte Indra überhaupt nicht gerechnet: Ihre Freundin kam mit einem Obstkorb zum Krankenbesuch. Aber bei Heike musste man mit allem rechnen, ihre Stimmungen wechselten stündlich.

»Ja, ich habe mich für eine Ausbildung als Krankenschwester beworben und deshalb muss ich jetzt schon mal üben.«

»Bleib du lieber bei Modedesign«, entgegnete Indra lachend. »Das scheint mir für die Kranken besser zu sein. Ich bin schon zufrieden, wenn du einsiehst, dass ich wirklich krank bin.«

»Nett von mir, nicht?« Heike musste über sich selbst lachen. »Aber, äh . . . ich darf nicht zu lange bleiben, das soll man als Krankenschwester nicht.«

Indra schmunzelte über Heikes Worte. Es war klar, dass Heike eine kranke Freundin ziemlich langweilig fand. Indra freute sich schon, Heike von Sander erzählen zu können. Aber eigentlich konnte sie es ihr gleich sagen. Sie sollte es nicht von René erfahren.

»Ich muss dir noch etwas Wichtiges erzählen. Sander hat überhaupt keine Freundin. Das hat er nur gesagt, um Jette loszuwerden.«

»Klasse!« Heike freute sich für Indra. »Du hast also noch eine Chance.«

»Und was für eine«, erwiderte Indra. »Wir haben uns verabredet.«

»Also, so was! Und ich denke die ganze Zeit, dass meine Freundin vor Liebeskummer vergeht. Warum erzählst du das jetzt erst?«

»Ich hatte noch keine Gelegenheit«, erklärte Indra. »Er hat mich erst heute Morgen gefragt, ob ich Freitag mit ins Kino komme.«

»Heute Morgen?«, hakte Heike nach.

»Ja«, sagte Indra. »Ich war total glücklich.«

»Ich dachte, du hättest dich heute Morgen so schlecht gefühlt«, meinte Heike. »Du musstest doch unbedingt nach Hause, obwohl wir die Stunde halten mussten. Aber diese Verabredung konntest du annehmen?«

»Das ist doch ganz was anderes.«

»Wieso was anderes? Du warst doch heute Morgen krank, weißt du das nicht mehr? Ich hab die ganze Zeit neben dir gesessen und du hast keinen Ton gesagt. Aber mit Sander konntest du anscheinend reden.«

»Heike, hör doch mal . . .«

»Du brauchst mir gar nichts zu erklären. Ist schon klar. Wenn es dir in den Kram passt, geht es dir eben gleich besser.«

»Die Krankheit ist ziemlich komisch«, sagte Indra. »Jetzt fühl ich mich auch wieder besser.«

»Eben. Und morgen wahrscheinlich nicht, da schreiben wir

eine Arbeit. Merkwürdig, nicht? Na dann, danke.« Noch bevor Indra etwas erwidern konnte, hatte Heike aufgelegt.

Nach dem Streit mit Maarten und Chris ging Sander gleich nach oben, denn er hatte keine Lust, seinen Eltern zu erzählen, was passiert war. Zuerst musste er selbst verdauen, dass er seine Freunde verloren hatte. Dann würde es ihm auch nicht so viel ausmachen, wenn sein Vater wieder die eine oder andere bissige Bemerkung losließ. Es war fast Zeit zum Abendessen. Sander graute davor, nach unten zu gehen, aber dann fiel ihm ein, dass ein Arbeitskollege seiner Mutter zum Essen kam. Das passte gut, so hatten seine Eltern wenigstens keine Zeit, auf ihn zu achten.
Es lief genau so, wie Sander erwartet hatte, und bei Tisch drehte sich das Gespräch um Themen, für die er sich sowieso nicht interessierte. So fiel es nicht weiter auf, wie still er war.
Gleich nach dem Nachtisch ging er nach oben. Er holte sein Physikbuch hervor, aber er konnte sich nicht konzentrieren. Alles in seinem Zimmer erinnerte ihn an seine Freunde. Die Wände, die sie gemeinsam gestrichen hatten; die Poster, die sie zusammen ausgesucht hatten; die Urlaubsfotos; sogar den Stuhl, auf dem er saß, hatten sie vor Kurzem zusammen auf dem Sperrmüll gefunden. Es war eine lange Freundschaft gewesen und er konnte sich kaum noch daran erinnern, wie es ohne die beiden gewesen war. Mit wem sollte er sich jetzt nach der Schule treffen? Er konnte sich schlecht Tom, Oliver und Claas aufdrängen und es war auch nicht seine Absicht, ständig an Indra zu kleben.

Sander fragte sich, ob Maarten und Chris es wohl auch so schade fanden. Bestimmt. Sander sah die Szene wieder vor sich, wie Emil den Ball des Jungen zerstochen hatte. Wenn man so was machte, war man doch nicht ganz dicht. Er misstraute Emil. Wollte Emil etwas von Maarten und Chris? Vielleicht gehörte er zu einer Drogenbande? Er schien großen Einfluss auf die beiden auszuüben. Es würde Sander nicht überraschen, wenn Emil krumme Dinger drehte.

Egal, ob sie nun Streit hatten oder nicht, er musste Maarten und Chris warnen. Wenn irgendwas Schlimmes passierte, würde er sich schuldig fühlen.

Wenn ich mit ihnen rede, geht es mir hinterher bestimmt besser, dachte Sander. Ich ruf am besten Maarten an, um mich mit ihm zu verabreden. Mit ihm konnte ich immer besser reden als mit Chris.

Sander nahm das Telefon und wählte die Nummer. Maartens Schwester nahm ab. »Hallo, Fleur. Kann ich Maarten kurz sprechen?«

»Einen Augenblick«, antwortete Fleur, und Sander hörte, wie sie die Treppe hinauflief. »Hallo«, sagte Fleur kurz darauf. »Maarten sagt, er kann dich jetzt nicht sprechen.«

»Na gut. Dann ist ja alles klar.« Wütend legte Sander den Hörer auf. Feigling! Aber so ohne Weiteres wollte er das nicht hinnehmen. Sander zog seine Jacke an und ging zur Tür. Kaum fünf Minuten später stand er vor Maartens Haus.

»Ich weiß, dass Maarten oben ist«, sagte Sander, als Fleur ihm öffnete. Er lief an ihr vorbei die Treppe hinauf. Ohne anzuklopfen, öffnete er die Tür zu Maartens Zimmer.

»Das habe ich mir gedacht: Das war eben nur eine Ausrede. Wir müssen miteinander reden. So geht das nicht.«

»Ja, das finde ich auch«, antwortete Maarten. »Was du dir da geleistet hast, das geht wirklich nicht. Es ist doch lachhaft, dass du uns zwingen wolltest, den Ball zu ersetzen. Das bestimmen wir immer noch selbst. Wenn dir der Junge *so* leidtat, hättest du ihm ja einen neuen Ball kaufen können. Aber das fiel dir wohl nicht ein. So groß kann dein Mitleid dann ja nicht gewesen sein.«

»Ich finde, Emil ist zu weit gegangen«, meinte Sander.

»Übertreib mal nicht«, sagte Maarten. »Wenn man dich so reden hört, könnte man Emil für einen Kriminellen halten.«

»Er ist nicht weit davon entfernt«, erwiderte Sander.

Maarten lachte Sander aus. »Emil hat den Kleinen nur ein bisschen geärgert.«

»Das nennst du ein bisschen ärgern?«, fragte Sander. »Ärgern würde man sagen, wenn er ihm den Ball nur weggenommen hätte. Aber er hat ihn kaputt gestochen. Das hätte früher mal jemand bei dir machen sollen. Du kannst mir doch nicht erzählen, dass du das in Ordnung findest, Maarten. Weißt du, was mit dir los ist? Du tust alles, was Emil sagt. Du solltest ihn nicht mehr treffen! Ich trau dem Typen nicht.«

Jetzt wurde Maarten ärgerlich. »Dich stört doch bloß, dass wir zu dritt unseren Spaß haben. Emil ist ein klasse Typ und ich lass ihn nicht fallen, nur weil ein Sander Koper das sagt.«

Sander war erschrocken, wie frostig Maarten seinen Namen

aussprach. Er fühlte sich total hilflos. Ihm wurde klar, dass Maarten ihn einfach nicht verstehen wollte. Sie hatten schon öfter Streit gehabt, aber das hatten alle drei nicht weiter schlimm gefunden und sie hatten immer versucht, den anderen zu verstehen. Aber im Moment hörte Maarten ihm nicht mal zu und es schien ihm gleichgültig zu sein, ob sie ihre Meinungsverschiedenheit beilegten. Anscheinend war Sander der Einzige, der sich Sorgen machte.

»Wir sind also keine Freunde mehr?«, fragte er.

»Das hängt von dir ab«, meinte Maarten. »Du wirst dich nach uns richten müssen, denn deine Predigten brauch ich echt nicht. Mir reicht das Genörgel meines Vaters.«

»Du hast dich ziemlich verändert, Mann«, sagte Sander. »Früher hättest du so was nicht gesagt.«

»Früher . . .« Maarten schnaubte verächtlich. »Was interessiert mich das? Früher hab ich ins Bett gemacht. Wir wollen jetzt unseren Spaß haben.«

»Wenn das Spaß sein soll, dann passen wir nicht zusammen. Ich gehe besser.« Sander hoffte, dass Maarten ihn zurückhalten würde, aber sein Freund ließ ihn gehen.

»Vergiss nicht, Emil am Freitag das Geld zurückzugeben«, rief er ihm hinterher. »Der lässt sich nicht reinlegen.«

Maartens Worte machten es Sander nur noch schwerer. War das das Einzige, woran Maarten dachte? Dass er das Geld zurückgab? Dass ihre jahrelange Freundschaft kaputt war, schien ihn nicht zu stören. Natürlich bekam Emil sein Geld zurück. Das war nicht schlimm, auch wenn es gerade etwas ungünstig war, weil er Indra ins Kino eingeladen hatte. Er wusste nicht, wie er das bezahlen sollte, wenn er Emil die fünfzehn Euro gab. Er würde die Verabredung verschieben müssen. Aber damit wollte er noch warten.

Hoffentlich gab sein Vater nicht wieder einen seiner blöden Kommentare ab. Sander war sich sicher, dass er selbst bei der kleinsten Bemerkung explodieren würde.

Sander öffnete das Gartentor. Er hatte gehofft, unbemerkt nach oben zu schleichen, aber seine Mutter sah ihn und öffnete ihm die Tür.

»Ist etwas?«, fragte sie besorgt, als sie Sanders Gesicht bemerkte.

»Nein, nein, alles okay. Es geht mir prima!« Sander lief die Treppe hinauf und schlug seine Zimmertür hinter sich zu.

8 Sander fuhr langsamer, als er den Park erreichte. Vor ihm radelte Tigo und er wollte auf keinen Fall das letzte Stück zur Schule mit ihm zusammen fahren. Tigo wollte dann bestimmt wissen, was mit ihm los war.

Auch Tom hatte schon gemerkt, dass mit Sander etwas nicht in Ordnung war, aber zumindest hielt der seinen Mund.

»Wenn du reden willst, ich bin da«, hatte er gemeint.

Sander bog nach links, dann war er vor Tigo sicher. Doch als er an dem freien Feld entlangradelte, bereute er seine Entscheidung. Durch den Wind kam er kaum vorwärts und er musste zudem noch einen ziemlichen Umweg fahren, nur um Tigo loszuwerden. Er hätte ihm auch sagen können, er solle gefälligst seinen Mund halten und dass seine schlechte Laune ihn nichts anginge. Aber so etwas konnte Sander nicht besonders gut. Und im Moment schon gar nicht. Der Bruch mit Chris und Maarten hatte ihn ziemlich mitgenommen. Jedes Mal, wenn es in den letzten Tagen geklingelt hatte, hatte er gehofft, dass es seine Freunde waren.

Heute war Freitag und er hatte noch immer nichts von ihnen gehört. Wenn er Emil heute Nachmittag das Geld zurückgab, würde er sie treffen. Vielleicht konnten sie ihren Streit dann beenden, aber Sander hatte da wenig Hoffnung.

Er musste akzeptieren, dass ihre Freundschaft Geschichte war...

Sander war nicht ganz wohl, aber er musste Indra sagen,

dass sie nicht ins Kino gehen konnten. Er hatte versucht, das Geld für die Karten zusammenzukratzen. Von Tom hatte er einen Euro zurückbekommen, den er ihm geliehen hatte, und von Claas hatte er sich fünfzig Cent borgen können. Schade, dass sein Vater gerade in der Waschanlage gewesen war, sonst hätte er das Auto waschen können. Er hatte so lange wie möglich gezögert, aber jetzt gab es kein Zurück mehr. Er musste Indra sagen, dass er die Verabredung nicht einhalten konnte.

Sander war beinahe an der Schule angelangt und überlegte noch immer, ob er nicht Emils Geld für die Kinokarten nehmen sollte. Das war schon verführerisch. Er könnte sagen, er hätte sich im Tag geirrt. Sofort fielen ihm Maartens Worte wieder ein. »Emil lässt sich nicht reinlegen . . .« Maarten warnte ihn nicht ohne Grund, der kannte seinen Freund.

Aber jetzt musste er sich zusammenreißen. Sobald er Indra entdeckte, würde er zu ihr gehen.

Gleich beim Einbiegen auf den Schulhof sah er sich suchend um. Heike und Dana entdeckte er sofort, aber Indra war anscheinend noch nicht da.

Er hatte gerade sein Fahrrad in den Ständer gestellt, da kam Tom auf ihn zu. »Hast du für Bio gelernt?«

Sander wusste genau, warum Tom das wissen wollte, denn er war schlecht in Biologie und musste diesmal unbedingt eine Drei schreiben, sonst wurde er nicht versetzt. Und jetzt hoffte er, dass er von Sander abschreiben konnte. Tom konnte wirklich froh sein, dass Sander seit dem Streit mit seinen Freunden viel Zeit hatte. Vor Elend und Langeweile hatte er sich gut auf die Arbeit vorbereitet. Sander wollte Tom eigentlich sagen, er könne ruhig bei ihm abgucken, doch als er sein panisches Gesicht sah, machte er sich einen Spaß daraus, ihn aufzuziehen.

»Ich kann in der dritten Stunde nicht, ich muss zum Zahnarzt.«

»Oh nein . . .« Tom wurde bleich. »Ich bin auf dich angewiesen, Koper. Du weißt doch, dass ich keinen blassen Schimmer habe. Was soll ich bloß machen?«

Sander zuckte mit den Schultern. »Keine Ahnung.« Er ließ Tom noch ein bisschen zappeln.

»Ich kann diese Arbeit nicht mitschreiben. Wer weiß eine gute Ausrede?«, rief Tom über den Schulhof.

»Ich hab eine gute Idee, aber die kostet dich was.« Heike wusste, dass Tom meistens blank war.

Während Tom noch nach einer Ausrede suchte, stieß Claas Sander an.

»Seit wann hast du was mit Heike?«

»Ich?« Sander hatte keine Ahnung, wovon er sprach. »Wie kommst du denn darauf?«

»Siehst du den Jungen da drüben? Das ist René, Heikes Bruder. Er beobachtet dich schon die ganze Zeit.«

»Quatsch«, entgegnete Sander. »Du solltest Detektiv werden. Ich kenn den Typen doch gar nicht.« Doch Claas hatte recht, denn jedes Mal, wenn Sanders Blick Richtung Fahrradkeller ging, blickte René lauernd zu ihm herüber. Was will er von mir?, dachte Sander. Aber er beachtete René nicht weiter, dazu gingen ihm zu viele andere Dinge durch den Kopf.

»Ich hab wirklich Pech, dass du zum Zahnarzt musst«, sagte Tom, als sie die Treppe hinaufgingen. »Ich glaube, ich melde mich nach der zweiten Stunde krank.«

Sander verriet sich noch immer nicht.

Indra schien heute nicht zu kommen, das fiel auch Claas auf. »Ist Indra nicht da?«, hörte Sander ihn fragen.

»Wo denkst du hin?«, meinte Susan. »Wir schreiben heute eine Arbeit und da ist sie zufällig sehr müde.«

Mädchen können wirklich gemein zueinander sein, dachte Sander. »Wenn sie sich nicht so schlecht fühlen würde, wäre sie gekommen«, entgegnete Heike.

Nach der ersten Stunde war Indra immer noch nicht aufgetaucht. Sander fühlte sich unwohl. Er hätte schon längst mit Indra reden müssen. Was sollte er jetzt machen? Heute Nachmittag war er mit Emil verabredet, da hatte er keine Zeit, um zu Indra zu gehen. Vielleicht danach. Denn er wollte nicht am Telefon absagen, sonst dachte sie noch, dass er nichts mehr von ihr wollte.

Grübelnd betrat er das Klassenzimmer. Herr Kamerman wartete schon ungeduldig auf seine Schüler.

Puh, wie stellte der das bloß immer an? Herr Kamerman suchte sich heute zielsicherer die Schüler raus, die ihre Deutschvokabeln nicht gelernt hatten. Nachdem er schon drei Ungenügend verteilt hatte, wurde er ungehalten.

»Ihr scheint zu glauben, dass ihr zu meinem Vergnügen hier sitzt, aber ich habe meinen Abschluss schon vor Jahren gemacht, dass ihr's nur wisst.« Er diktierte einige deutsche Sätze, und zwar so schnell, dass sie kaum mitkamen.

»Was hast du vor?«, wollte Herr Kamerman wissen, als Claas zur Tür lief.

»Ich muss meine Nase putzen«, erwiderte Claas.

»Das kannst du auch hier tun, setz dich bitte wieder.«

»Nein«, sagte Claas. »Ich find das Geräusch ziemlich widerlich.«

»Dann putzt du dir eben nicht die Nase.« Ihr Lehrer schrieb einige Grammatikregeln an die Tafel.

»Warum regt er sich so auf?«, sagte Heike, doch Kamerman achtete nicht auf sie und schrieb weiter.

Tom schoss aus Protest ein Papierkügelchen weg und kurz darauf flogen aus allen Richtungen Papierkügelchen durch den Klassenraum. Eines landete knapp neben den Füßen ihres Lehrers, doch der stand mit dem Rücken zur Klasse und merkte nichts.

Claas rollte eine Bleistiftspitze in ein Knöllchen und schoss es weg. Mit einem lauten Plumps landete es im Papierkorb. Jetzt erst drehte Herr Kamerman sich um. »Was soll das denn?« Er sah in den Papierkorb.

»Meine Rotze, Herr Kamerman«, erklärte Claas.

Die Klasse brach in Gelächter aus, aber ihr Lehrer fand das Ganze überhaupt nicht witzig und schickte Claas vor die Tür.

Niemand war mit seiner Entscheidung einverstanden und die Klasse versuchte, Herrn Kamerman umzustimmen.

»Verstehen Sie denn keinen Spaß?« Trotz aller guten Argumente wich ihr Lehrer nicht von seinem Entschluss ab, sondern hielt Claas die Tür auf.

»Du meldest dich sofort bei Herrn Meier!«

Das verbesserte die Stimmung in der Klasse nicht gerade. Oliver wurde rebellisch und fing an, mit seinem Kugelschreiber zu klicken. Das Geräusch eines klickenden Kugelschreibers an sich störte nicht, aber als die halbe Klasse anfing, war die Geduld ihres Deutschlehrers erschöpft.

»Das habt ihr euch selbst zuzuschreiben. In der nächsten Stunde schreiben wir eine Deutscharbeit und ihr könnt nicht damit rechnen, dass sie einfach wird.«

Zum Glück blieb nicht mehr viel Zeit bis zum Klingeln. Sander stand als Erster an der Tür, denn er hoffte, Indra im Flur zu treffen. Leider war sie nicht da.

Er hatte die Biologiearbeit schon fast vergessen, aber Tom lag sie immer noch schwer im Magen.

»Also dann, bis morgen«, sagte er.

»Meldest du dich wirklich krank?«, fragte Claas.

»Was soll ich denn sonst machen, Mann?«, seufzte Tom.

»Ich an deiner Stelle würde mitschreiben«, meinte Sander.

»Du hast gut reden. Und dann krieg ich eine Sechs.«

»Warum guckst du nicht bei mir ab?« Sander grinste Tom an.

Es dauerte einen Augenblick, bis bei Tom der Groschen fiel.

»Da blüht dir noch was, Koper. Einen Freund einfach hängen zu lassen.«

Sander wusste nicht, ob es ihm wirklich ernst war, aber es freute ihn, dass Tom ihn als Freund betrachtete. Er nahm sich vor, extra deutlich zu schreiben, damit Tom gut sehen konnte.

»Das glaub ich einfach nicht!« Tom kam nicht darüber hinweg, dass Sander ihn den ganzen Morgen auf den Arm genommen hatte. »Wohin soll ich schlagen?« Er hob seine Faust.

Sander deutete auf seine Vorderzähne. »Hier.«

»Das hättest du wohl gern. Und nachher musst du dann wirklich noch zum Zahnarzt.«

»Kommt schon«, sagte Claas. »Sonst ist die Tür zu und du bekommst ganz bestimmt dein Ungenügend.«

»So streng bin ich auch nicht«, verkündete Herr de Wit, der an der Tür stand. Als schließlich alle auf ihren Plätzen saßen, verteilte er die Arbeitsaufgaben.

»Also, Leute, alle kriminelle Energie bleibt außen vor.«

»Dann geh ich besser.« Tom erhob sich.

Selbst Herr de Wit musste lachen.

Tom setzte sich schnell wieder. »Zufällig habe ich mich gut vorbereitet . . .«

Sander überlegte hin und her, als er vom Schulhof fuhr. Eigentlich war es günstiger, wenn er zuerst zu Indra fuhr. Allerdings würde er dann nicht rechtzeitig bei Emil sein. Er entschied, das besser nicht zu riskieren, und bog rechts ab. Sander hatte Glück, der Wind kam von hinten. Das war viel angenehmer als die Plackerei am Morgen. Er flog nur so dahin und war in zwanzig Minuten zu Hause. Eine absolute Rekordzeit. Er wollte lieber nicht daran denken, dass er nachher den ganzen Weg gegen den Wind zu Indra strampeln musste. Er sah den Briefumschlag sofort, als er die Tür öffnete. *»Für*

Sander« stand darauf und der Handschrift nach konnte der Brief weder von Chris noch von Maarten sein. Ihn durchfuhr es wie ein Schock. Er konnte natürlich auch von Indra kommen. Vielleicht stand drin, dass sie ihn nicht mehr sehen wollte . . . Mit angehaltenem Atem riss Sander den Umschlag auf und fand eine kurze Mitteilung, sehr unpersönlich. Sander überkam ein unangenehmes Gefühl, als er Emils Namen unten auf dem Brief entdeckte. Was wollte der von ihm? Als Sander den Brief las, wurde er wütend. Der Brief war total überflüssig. Emil hatte Ort und Zeitpunkt ihres Treffens aufgeschrieben. Als ob er das nicht längst wusste! Was machte dieser Emil sich bloß so wichtig? Man könnte meinen, es ginge hier um eine superwichtige Transaktion. Wenigstens standen keine Drohungen in dem Brief, aber freundlich war er auch nicht. Es war klar, dass es Emil nur ums Geld ging. Er hatte mit seinem Namen unterschrieben, Maarten und Chris wurden nicht erwähnt. Sander wäre nicht überrascht, wenn er sie nachher nicht mal sehen würde. Enttäuscht steckte er den Brief ein. Er brauchte nicht darauf zu hoffen, dass sich alles wieder einrenkte.

Dem Inhalt des Briefes nach zu urteilen würde das Treffen nicht lange dauern. Wahrscheinlich würde kein Wort gewechselt und er brauchte nur das Geld zu übergeben. Das passte ihm eigentlich ganz gut, dann konnte er früher zu Indra. Vielleicht konnten sie für heute Abend noch etwas anderes planen. Er könnte verstehen, wenn sie sauer wäre.

Sander seufzte. Er wusste nicht, wovor ihm mehr graute: Emil zu treffen oder Indra zu enttäuschen.

Gerade als er gehen wollte, klingelte das Telefon. Bitte nicht jetzt, dachte Sander. Bestimmt war seine Mutter dran, die hatte die Gabe, ihn immer im ungeeignetsten Moment mit einem Anruf zu überraschen. Er wusste schon, was kam: Lief es gut in der Schule? Es liegt noch was Leckeres im Kühlschrank. Mach es dir ein bisschen gemütlich ... Ja, wahnsinnig gemütlich, Mama! Es ist heute wahrhaftig ein Festtag!

»Sander Koper.« Sanders Stimme klang verärgert, doch als er den Namen am anderen Ende der Leitung hörte, fing er an zu strahlen. »Hallo, Indra! Du warst heute nicht in der Schule.«

»Nein.« Indras Stimme klang zittrig. »Ich hab schon den ganzen Tag Fieber und die Temperatur geht nicht runter. Ich darf heute Abend nicht raus. Ich hoffe, du bist mir nicht böse, und dabei hatte ich mich so gefreut.«

Indras Anruf kam Sander sehr gelegen, denn nun musste er die Verabredung nicht absagen.

»Natürlich bin ich dir nicht böse«, erklärte Sander. »Schließlich kannst du nichts dafür, dass du Fieber hast. Ich hab schon einen Stapel Notizen für dich. Soll ich sie dir heute Abend vorbeibringen?«

»Lieber morgen«, antwortete Indra. »Hoffentlich ist dann das Fieber weg.«

»Dann komm ich morgen. Aber erschreck nicht, ich habe ziemlich viele Hausaufgaben für dich. Oder fühlst du dich zu schlecht?«

»Nein, bring bitte alles mit«, sagte Indra. »Ich hab keine Lust, das Jahr zu wiederholen. Also dann, bis morgen.«

Indra hatte schon lange aufgelegt, als Sander noch immer mit dem Hörer in der Hand dastand. Allein das Gefühl, ihre Stimme zu hören. Wie würde es wohl morgen werden? Wenn es doch schon so weit wäre, doch leider hatte er noch etwas anderes zu erledigen. Etwas ziemlich Unangenehmes sogar.

Pünktlich zur vereinbarten Zeit war Sander im Park. Emil war noch nicht zu sehen und so wartete Sander einige Minuten. Als Emil nach einer Viertelstunde immer noch nicht aufgetaucht war, wurde er unsicher. Hatte er richtig gelesen? Um sich zu vergewissern, las er den Brief noch einmal, aber die Zeit stimmte. Sander überlegte, was er tun sollte, schließlich wollte er nicht wie ein Idiot dastehen. Das hätte Emil sicher gern. Er schickte ihm jeden Tag neue Anweisungen und Sander hatte dann brav am abgesprochenen Ort zu erscheinen. Sander hatte keine Lust zu solchen Spielchen. Er wollte gerade gehen, als er plötzlich einen Riesenlärm hörte.
Weiter hinten im Park entdeckte er Emil. Chris und Maarten liefen hinter ihm und laut fluchend rannten die drei Richtung Brücke. Sie schienen sturzbetrunken zu sein und Chris konnte nicht mal vernünftig laufen. Er fiel beinah über ein Rad, das am Brückengeländer lehnte. »Was hat dieses Scheißding hier zu suchen?« Chris trat so kräftig gegen das Rad, dass es umfiel.
»Weg mit dem Schrott!« Emil sprang auf das am Boden liegende Rad.

»He, lass das Rad in Ruhe!«, rief ein Mädchen, das kurz vor der Brücke einen Rollstuhl mit einem Jungen schob.

»Was willst du?« Die drei gingen auf das Mädchen zu. Sander lief hinter ihnen her, denn er wollte möglichst schnell sein Geld loswerden und dann wieder gehen. Wenn sie getrunken hatten, war sowieso nicht mit ihnen zu reden.

Emil drehte sich um. »Ach, da kommt ja Sander«, lallte er und rülpste Sander direkt ins Gesicht.

Sander kramte das Geld hervor, doch Emil machte ihm ein Zeichen zu warten.

»Ich unterhalte mich gerade mit dieser Dame hier.« Halb betrunken baute er sich vor dem Mädchen auf. »Was hast du gesagt?!« Er versetzte ihm einen Schubs.

»Lass meine Schwester in Ruhe«, mischte sich nun der Junge im Rollstuhl ein.

»Hab ich dich gefragt? Du solltest besser deine große Klappe halten. Na los, lauf doch mit deinen lahmen Füßen.« Emil trat gegen den Rollstuhl. Erschrocken sah Sander, dass der Rollstuhl umstürzte.

Das Mädchen begann zu schreien. »He, was soll das!« Schon kamen ein paar Spaziergänger herbeigelaufen.

»Los, abhauen!«, rief Emil.

Sander wollte dem Jungen beim Aufstehen helfen, aber Emil zog ihn mit sich. »Rennen, du Idiot!«

Erst als sie eine Seitenstraße erreichten, ließ Emil ihn los.

»So, diese Tussi hält in Zukunft ihren frechen Mund«, meinte er zufrieden.

Chris und Maarten standen da und lachten. Sie widerten

Sander an. Emil holte eine Flasche mit einem bräunlichen Zeug aus seiner Innentasche. »Rum«, erklärte er und nahm einen kräftigen Schluck. »Es freut mich, dass wir wieder Freunde sind.«

»Uns auch!«, pflichteten Chris und Maarten ihm bei.

»Freunde?«, fragte Sander. »Freunde? Ich werde euch anzeigen.«

»Waaas...?« Emil zog plötzlich ein Messer aus seiner Jackentasche und hielt es Sander an die Kehle. »Sag das noch mal? Was willst du tun?«

»Nichts...«, stammelte Sander. Aber das reichte Emil nicht und er drückte das Messer noch fester an Sanders Kehle.

»Ich werde euch nicht anzeigen...«, sagte Sander gequält.

»Gut so.« Emil ließ das Messer sinken. »Und keinen Ärger mehr. Da hab ich keinen Bock drauf. Wir sind doch Freunde, nicht wahr, Leute?«

Als Maarten und Chris zustimmend nickten, hob Emil seine Flasche. »Auf unsere Freundschaft!« Und er nahm einen großen Schluck.

»Das war ein schöner Tag, ein sehr schöner Tag.« Emil legte Sander einen Arm um die Schulter. »Du bist ein braver Junge, das wusste ich. Darum darfst du die Knete auch behalten.«

Das war das Letzte, was Sander wollte. Zieh Leine mit deinem blöden Geld... Ihr alle drei könnt Leine ziehen... Ich will nie mehr etwas mit euch zu tun haben...

Es gingen Sander tausend Dinge durch den Kopf, aber er dachte an das Messer und hielt seinen Mund.

9 Verwirrt wachte Sander am nächsten Morgen auf. Er hatte nicht damit gerechnet, überhaupt jemals einzuschlafen. Es musste bestimmt schon sieben Uhr gewesen sein, bevor ihm endlich die Augen zugefallen waren. Er hatte gesehen, dass es draußen schon gedämmert hatte.

Die halbe Nacht hatte er das Gesicht des Jungen im Rollstuhl vor sich gesehen. Aber am meisten gab ihm zu denken, dass er nichts dagegen unternommen hatte. Er hatte die halbe Nacht darüber nachgedacht, aber keine Antwort gefunden.

Wenn er daran dachte, wie es wäre, wenn Tom, Claas und Oliver mit so einer Geschichte ankämen. Er wäre sehr enttäuscht von ihnen gewesen.

Sander schlug in seiner Verzweiflung mit der Faust aufs Kissen. Warum hatte er nichts getan? Wenn Indra ihn gesehen hätte, hätte sie bestimmt nichts mehr von ihm wissen wollen. Niemand würde es verstehen, auch seine Eltern nicht. Er hatte zugeschaut, wie Emil den Rollstuhl umgestoßen hatte. Es war wirklich unvorstellbar, er hatte einfach tatenlos daneben gestanden. Dafür gab es wirklich keine Entschuldigung. Er hatte auch keinen Blackout oder so etwas gehabt, schließlich konnte er sich genau an alles erinnern. Er konnte sich selbst nicht trauen, und das war schrecklich. Er fragte sich, wie es dem Jungen wohl ging. Heute Nacht hatte er wüste Pläne geschmiedet. Er hatte den Jungen aufsuchen und sich bei ihm entschuldigen wollen. So was konnte einem auch nur nachts einfallen. Da musste er für einen Moment vergessen haben, wie Emil war. Bei dem Gedanken an das Messer lief es Sander eiskalt den Rücken herunter. Er durfte sich nichts vormachen: Emil hatte ihn in der Hand.

Der Geruch von warmen Croissants stieg Sander in die Nase, doch der Gedanke, nach unten gehen zu müssen, schlug ihm auf den Magen. Glücklicherweise hatten seine Eltern keine Ahnung, was vorgefallen war. Natürlich hatten sie gemerkt, dass er völlig durcheinander gewesen war, als er gestern Abend nach Hause gekommen war. Aber sie hatten gedacht, es ginge um Indra.

Sander nahm seine Sachen und ging ins Badezimmer. Beim Duschen traf er eine Entscheidung. Er konnte Emil nicht anzeigen, das war ihm klar, aber er wollte zukünftig nichts mehr mit dem Typen zu tun haben. Und Maarten und Chris wollte er vorläufig auch nicht sehen. Sie waren diesmal entschieden zu weit gegangen. Es würde nicht einfach sein, Emil loszuwerden, aber er wusste keine andere Lösung.

Sander fühlte sich schon etwas besser, als er nach unten ging. Sein Vater saß am Frühstückstisch und blickte nur kurz auf, als Sander hereinkam, dann richtete er seine Aufmerksamkeit wieder auf die Zeitung. Sein Vater genoss es, am Samstagmorgen beim Frühstück die Zeitung zu lesen und in aller Ruhe seinen Kaffee zu trinken.

»Hört euch das mal an.« Sein Vater las aus der Zeitung vor. *»Junge stößt Rollstuhl um.«*

Sander erstarrte. Er hatte keinen Moment damit gerechnet,

dass das in der Zeitung stehen könnte. Er hörte angespannt zu, was sein Vater vorlas.

»Freitagnachmittag um fünf Uhr ist ein behinderter Junge Opfer einer Bande geworden. Eines der Bandenmitglieder wurde aggressiv und stieß den Jungen mitsamt Rollstuhl um. Grund für diesen gewalttätigen Ausbruch war eine Bemerkung der Schwester des Jungen. Sie hatte sich eingeschaltet, als die Bande ein Fahrrad zerstören wollte. Der behinderte Junge wurde mit einem doppelten Armbruch ins Krankenhaus eingeliefert. Als Spaziergänger ihm zu Hilfe eilten, flüchtete die Bande. Von ihnen fehlt bisher jede Spur.«

Sander war kreidebleich geworden.
»Das ist doch nicht zu fassen, oder?« Herr Koper faltete die Zeitung zusammen. »Was ist das nur für ein Pack? Haben die vor nichts mehr Respekt?«
Sanders Mutter blieb wie angewurzelt mit einem Tablett warmer Croissants am Tisch stehen. »Einfach schrecklich.«
Herr Koper sah Sander an. »Du bist doch auch in dem Alter. Was hältst du denn davon?«
Sander hatte das Gefühl, sich übergeben zu müssen.
»Lass den Jungen doch«, sagte seine Mutter. »Du siehst doch, dass ihn das sehr mitnimmt.«
»Ich hab keinen Hunger.« Sander stand auf.
Als er die Treppe hinaufging, hörte er, wie seine Eltern miteinander sprachen.

»Das ist doch wirklich schlimm. Wo soll das noch hinführen, wenn selbst ein behindertes Kind nicht mehr sicher ist. Und die arme Schwester, was für ein Albtraum für das Mädchen.«

»Was denkst du über die Eltern dieser Jungen?«, sagte seine Mutter. »Man muss doch mitbekommen, wenn das eigene Kind so was macht.«

Sander konnte es nicht mit anhören. Er schloss seine Zimmertür hinter sich und ließ sich aufs Bett fallen. Natürlich würden es alle lesen und er wusste genau, dass sie am Montag darüber in der Schule reden würden. Was sollte er dann tun? Und Indra hatte den Artikel sicher auch gelesen! Er schlug stöhnend die Hände vors Gesicht.

Sander blickte auf seinen fertig gepackten Rucksack. Endlich war es Zeit, zu Indra zu gehen. Er hatte alles geplant. Mit Maarten hatte er gesprochen und der wollte die beiden anderen benachrichtigen. Um halb drei würden sie sich treffen und dann würde er ihnen mitteilen, dass er endgültig nichts mehr mit ihnen zu tun haben wollte. Sander war gar nicht wohl bei dem Gedanken. Aber es war noch längst nicht halb drei und zuerst würde er bei Indra vorbeischauen. Als er sie angerufen hatte, war es ihr schon wieder besser gegangen. Das Fieber war gesunken. Anscheinend hatte sie den Zeitungsartikel nicht gesehen, denn sie sagte nichts dazu.

Sander zog seine Jacke an und fuhr zu Indra. Er hatte ein komisches Gefühl im Magen, denn genau genommen war es ihre erste richtige Verabredung. Sander dachte an Maarten, der in der Grundschule auch eine Zeit lang verliebt gewesen war, doch als er sich schließlich mit dem Mädchen verabredet hatte, war es eine riesige Enttäuschung gewesen. Davor brauchte er zumindest keine Angst zu haben, Indra würde ihn nicht enttäuschen. Die war einfach super.

Sander war nicht der Einzige, dem mulmig zumute war. Auch Indra war schon den ganzen Morgen nervös und hatte sich mindestens dreimal umgezogen und war allein mit ihren Haaren über eine halbe Stunde beschäftigt gewesen. Erst hatte sie einen Pferdeschwanz gebunden, ihn dann aber wieder aufgemacht. Sie hatte sich vorgenommen, Hausaufgaben zu machen, aber sie hatte sich einfach nicht konzentrieren können, und erst recht nicht mehr, als ihre Eltern einkaufen gefahren waren.
Jetzt stand sie in Gedanken versunken vor dem Fenster und dachte, wie aufregend es war, gleich mit Sander allein zu sein. Zehn Minuten später sah sie ihn kommen und rannte zur Haustür.
»Hallo!« Sander bemerkte, wie ihr Blick auf seinen Rucksack fiel.
»Hier kommt dein Nachhilfelehrer«, scherzte er, und er sah wirklich ein wenig so aus mit dem großen Rucksack voller Hausaufgaben, und das an einem Samstag.
Indra spielte mit. »Wie schön, dass Sie Zeit für mich haben.« Sie ging vor ins Wohnzimmer.
»Was hältst du hiervon?« Sander holte eine Diskette aus

seiner Tasche. »Alle Deutschvokabeln. So ist das Lernen ein Kinderspiel.«

»Wie lieb, dass du sie mir kopiert hast.« Indra griff nach Sanders Hand.

Sander spürte, wie er errötete. »Hier, äh ... sind die Notizen von Biologie. Oh nein, diese. Oder sind die das?« Vor lauter Nervosität fiel ihm der Rucksack um und die Hälfte der Hefte landete auf dem Boden. Beide mussten lachen.

»Oh Hilfe, Wirtschaftsrechnen.« Indra hob ein Heft auf. »Das versteh ich sowieso nicht. Ich steh da auf Vier.«

»Bei Pulenburg ist das gar nicht so schlecht«, meinte Sander.

»Der Mann ist schlichtweg eine Katastrophe, findest du nicht?« Indra setzte sich neben Sander aufs Sofa. »Wenigstens einen Vorteil hat meine Krankheit. Ich brauche den Mann eine Woche lang nicht sehen. Aber, na ja, jetzt werde ich wahrscheinlich gar nichts mehr kapieren.«

»Es ist gar nicht so schwierig, wie du denkst.« Sander schlug das Buch auf und erklärte Indra eine Beispielaufgabe. »Verstanden?«

»Ja, schon«, antwortete Indra. »Aber ich kann die nie übertragen.«

Sander blätterte in seinem Heft. »Sieh dir diese Seite mal an. Was siehst du?«

»Eine Zeichnung, die du aus Langeweile während des Unterrichts gemacht hast«, sagte Indra.

Sander wurde rot. Diese Zeichnung hatte er gemacht, als er wieder mal von Indra geträumt hatte. Seitdem er verliebt war, malte er in seine Hefte. Man konnte sofort sehen, seit wann er Indra so nett fand.

»Die Zeichnungen interessieren uns im Moment nicht«, erklärte Sander. »Es geht um die Aufgaben. Sieh sie dir genau an, was fällt dir auf?«

»Dass du gut im Rechnen bist«, meinte Indra.

Sander musste lachen. »Du bist ganz schön frech!«

»Was fällt dir denn auf?«, fragte Indra.

Dass du gut riechst, dachte Sander. »Mir fällt eine Menge auf«, sagte er lachend. »Aber es geht nicht um mich, sondern um dich. Was fällt dir auf?«

»Dass neben mir ein sehr netter Junge sitzt«, sagte Indra.

»Meinst du, dass Pulenburg so eine Antwort gut findet?«, fragte Sander.

»Nein, aber ich.« Indra rückte näher zu Sander. »Du bist doch jetzt mein Lehrer.«

»Ich bin viel strenger als Pulenburg.« Sander pikste mit seinem Finger in Indras Bauch. »Na los, rechne die Aufgabe.«

»Nein, das musst du machen«, seufzte Indra.

»Oh nein«, erklärte Sander, »und du döst in der Zwischenzeit vor dich hin. So begreifst du nie, wie es geht.«

»Doch«, versicherte ihm Indra. »Du musst mir die Aufgabe aufschreiben.« Als Sander sich nicht rührte, fing sie an, ihn zu kitzeln.

»Hör auf ... haha ...« Sander krümmte sich vor Lachen. Indra hatte ihren Spaß.

»Hahaha ... da-as i-ist zu-u viel ...«, lachte Sander. »Ich ...

schreib die Aufga-abe auf . . . I-ich tu a-alles, wa-as du willst . . .«

Indra hörte auf, ihn zu kitzeln. »Alles?«

Sander nickte. »Sag, was ich tun soll.«

»Das weißt du genau.« Indra schlang einen Arm um seinen Hals.

Sander sah sie an. Beide spürten die Spannung. Na los, dachte Sander. Worauf wartest du noch? Und dann beugte er sich zu Indra hinüber, doch gerade als er sie küssen wollte, sprang Indra auf.

»Meine Eltern kommen zurück!«

Oh nein, dachte Sander, als er Schritte im Flur hörte. Und noch bevor er wusste, was geschah, stand Herr Sandbergen vor ihm.

»Das ist Sander«, stellte Indra ihn vor.

Sander gab Indras Vater die Hand.

»Du hilfst also Indra bei den Hausaufgaben«, sagte Herr Sandbergen. »Das ist wirklich nett von dir.«

»Und?«, wollte Indra wissen. »Habt ihr jetzt einen neuen Fisch gekauft?«

»Nein«, antwortete Herr Sandbergen. »Ich warte noch damit.«

»Mein Opa hat auch ein sehr schönes Aquarium.« Sofort tat Sander seine Bemerkung leid, denn Indras Vater verwickelte ihn gleich in ein Gespräch über Fische und er war einfach nicht mehr zu stoppen. Zu allem Überfluss holte er auch noch ein Buch aus dem Regal und erklärte Sander jeden Fisch lang und breit. Er wäre gern mit Indra allein gewesen, aber daraus wurde nichts, denn als Herr Sandbergen mit seinem Vortrag endlich fertig war, war es Zeit zu gehen.

»Möchtest du vielleicht noch eine Tasse Tee?«, bot Indras Mutter an.

»Nein, vielen Dank«, lehnte Sander ab. Er wollte nicht zu spät am vereinbarten Treffpunkt sein.

Sie waren beide etwas verlegen, als sie sich verabschiedeten. Vor einer Stunde hatten sie sich fast geküsst und nun waren sie wieder zu schüchtern.

»Ich fand es supertoll, dass du da warst!«, rief Indra Sander hinterher.

»Ich auch«, antwortete Sander strahlend und drehte sich dann schnell um, denn Indra sollte nicht sehen, dass er schon wieder rot wurde.

Während der Fahrt versuchte Sander, Indra zu vergessen, denn er musste sich auf sein Gespräch mit Emil konzentrieren. Es musste von Anfang an klar sein, dass er nichts mehr mit ihm zu tun haben wollte. Über die gestrigen Geschehnisse wollte er kein Wort verlieren, sonst würden sie doch nur wieder Streit bekommen. Sie hatten sich bei Maarten zu Hause verabredet, denn im Moment wollten sie nicht in den Park gehen. Emil hatte zu Maarten gesagt, dass sie sich in nächster Zeit nicht mehr zu viert auf der Straße sehen lassen wollten. Wenn es nach Sander ginge, würde niemand sie mehr zusammen sehen.

Kurz darauf stand Sander bei Maarten vor der Tür.

»Hallo, Sander.« Maartens Mutter öffnete ihm. »Sie sind

oben.« Das hatte sie früher auch immer gesagt, aber damals hatte »oben« auf dem Dachboden bedeutet. Dort hatten sie ihre geheimen Treffen abgehalten und sich alles Mögliche ausgedacht. In der sechsten Klasse hatten sie eine Detektei gegründet. Aber das war schon so lange her.
Sander ging hinauf und hörte schon auf der Treppe Emils Stimme. Als er die Tür öffnete, stand Emil mitten im Zimmer. Er trug eine Kappe und sein Haar war dunkel getönt. »Hast du das gesehen?«, fragte er und hielt die Zeitung hoch.
Sander nickte.
Emil zeigte auf seinen Kopf. »Die Kappe setze ich in nächster Zeit nicht ab.«
»Mit der Haarfarbe erkennt dich niemand«, meinte Chris.
»Wer sollte mich schon erkennen?«, fragte Emil. »Der Krüppel liegt im Krankenhaus und seine Schwester setzt vorläufig keinen Schritt vor die Tür, wetten?«
Was für ein Angeber, dachte Sander. Wenn er sich doch so sicher war, dass niemand ihn erkannte, hätte er seine Haare nicht zu färben brauchen. Und was sollte die blöde Kappe? Wenn er das laut gesagt hätte, wären Maarten und Chris ihm mit Sicherheit an die Gurgel gegangen, aber in Emils Gegenwart machte er den Mund nicht auf.
»Warum mussten wir uns unbedingt treffen?«, fragte Emil.
»Gestern hast du gesagt, dass ich euch nicht verraten darf«, antwortete Sander. »Und das habe ich auch nicht vor, aber ich möchte nicht mehr mit euch befreundet sein.«
»Wieso das denn nicht?« Emil tat völlig überrascht. »Passen wir dir nicht? Ich hab dir gestern noch fünfzehn Euro ge-

schenkt. Wir sind doch sehr unterhaltsam, würde ich meinen.«

»Emil hat sogar dafür gesorgt, dass du in der Zeitung stehst«, sagte Chris.

»Sehr witzig«, entgegnete Sander. »Aber wir passen nicht zueinander. Ihr seid mir zu brutal. Und dein Geld brauch ich auch nicht!« Sander legte die Scheine auf den Tisch.

Emil blickte Sander wütend an. »Jetzt, wo es schwierig wird, lässt du deine Freunde im Stich. Das finde ich brutal.«

»Du enttäuschst mich, Koper«, pflichtete Maarten ihm bei. »Wir sind schon seit Jahren Freunde.«

»Ja«, sagte Chris. »Und jetzt haben wir einmal Probleme und du schleichst dich davon.«

»An den Problemen bin ich nicht schuld«, protestierte Sander.

»Ach nein? Aber du hast auch deinen Spaß gehabt. Sonst hättest du was gesagt. Du hast dich totgelacht, als der Rollstuhl umkippte.«

»Das stimmt nicht!« Wie konnte Emil so was behaupten. Sander fühlte sich machtlos. Richtig widersprechen konnte er ja auch nicht. Er hatte schließlich tatsächlich den Mund gehalten.

»Du hast dich über den Artikel in der Zeitung erschreckt«, sagte Emil. »Aber mach dir mal keine Sorgen. Niemand kommt dahinter, wenn du deine Klappe hältst.«

»Ich hab doch gesagt, dass ich nichts sagen werde«, sagte Sander.

»Prima. Dann ist ja alles okay. Du bist einer von uns und das bleibt so.«

»Das hättest du gern. Mich werdet ihr nicht mehr wiedersehen.« Sander lief zur Tür. Er wollte gerade die Türklinke herunterdrücken, als er an den Haaren zurückgezogen wurde.
»Muss ich noch mal mein Messer rausholen?«, fragte Emil drohend.
»Lass los!« Vor Wut traten Sander Tränen in die Augen.
Emil fing an zu lachen. »Fängste jetzt an zu heulen? Wenn du nichts mehr mit uns zu tun haben willst, hättest du dir das früher überlegen sollen. Viel früher.« Er umklammerte Sanders Hals. »Verstanden?«
Als Sander nicht antwortete, drückte er noch fester zu.
Sander sah Emil in die Augen. Du bist doch verrückt, dachte er. Du bist total verrückt!
»Verstanden?«, wiederholte Emil.
Sander nickte.

10 Den ganzen Sonntagmorgen saß Sander auf seinem Bett und grübelte. Er musste Emil loswerden, aber er wusste einfach nicht, wie. Wahrscheinlich würde er umziehen müssen, um von ihm wegzukommen, aber das war ja wohl nicht möglich. Wahrscheinlich war es das Beste, ihm möglichst aus dem Weg zu gehen. Vielleicht hatten sie einfach keine Lust mehr, etwas mit ihm zu unternehmen, wenn er sich nie meldete.

Während des Mittagessens versuchte Sander, so gut es ging, seine Sorgen vor seinen Eltern zu verbergen, doch es gelang ihm nicht. Als er wieder in seinem Zimmer war, kam seine Mutter nach oben.

»Du denkst bestimmt an das Mädchen, aber du solltest nicht zu viel grübeln. Du bist doch noch jung.«

Sander erwiderte nichts darauf. Was hätte er sagen sollen? »Nein, Mama, mit Indra ist alles in Ordnung. Das ist es nicht. Ich werde von einem Kriminellen erpresst!« Seine Mutter wäre vor Schreck in Ohnmacht gefallen. Und wenn sein Vater davon erfuhr, würde er gleich zur Polizei gehen.

Sander seufzte müde, aber seine Mutter wollte noch nicht aufgeben. »Warum rufst du nicht Chris oder Maarten an? Unternehmt zusammen etwas Nettes, das wird dich aufheitern!«

Chris und Maarten ... Wenn er die Namen schon hörte ... Sander hätte schreien können. Die können mir gestohlen bleiben! Es fiel ihm schwer, sich zusammenzureißen. Zum Glück merkte seine Mutter nichts.

»Ich versteh nur zu gut, was du denkst. Ich war früher auch häufiger verliebt. Man meint, es gäbe nichts Wichtigeres auf der Welt, aber . . .«

Allmählich wurde es Sander zu viel. »Mama, könntest du mich bitte einfach in Ruhe lassen.«

Frau Koper verließ Sanders Zimmer. Aber so ganz alleine in seinem Zimmer wurde seine Laune auch nicht besser. Ein Satz aus dem Zeitungsartikel war ihm im Gedächtnis haften geblieben.

»Der behinderte Junge ist mit einem doppelten Armbruch ins Krankenhaus eingeliefert worden.«

Sander schlug die Hände vors Gesicht. Es war seine Schuld, dass der Junge dort lag . . . Plötzlich hielt er es nicht mehr aus. Mit einem Ruck schob er seinen Stuhl zurück und lief aus dem Zimmer.

»Was hast du vor?«, fragte seine Mutter, als er seine Jacke anzog.

»Ich fahr eine Runde mit dem Rad«, erklärte Sander.

»Bei der Kälte? Sei doch froh, dass du nicht rausmusst.«

»Lass ihn«, schaltete sich Sanders Vater ein. »In dem Alter muss man seine eigenen Erfahrungen machen. Wenn er an der Ecke ist, dreht er von selbst wieder um, wetten?«

»Ja, ja, du weißt mal wieder alles besser.« Sander ging nach draußen.

Seine Mutter hatte recht, denn als er um die Ecke bog, blies es ihm eiskalt ins Gesicht. Aber Sander fuhr weiter. Er wusste nicht genau, wie er hierhin kam, aber kurze Zeit später stand er vor dem Krankenhaus. Die Besuchszeit war gerade vorüber und Menschentrauben strömten nach draußen. Sander schaute hoch. Hinter einem der Fenster lag der behinderte Junge. Ob er wohl noch verängstigt war? Sander blieb vor dem Krankenhaus stehen, als könnte er etwas gutmachen. Er dachte an das letzte Schuljahr, als er noch neben Tigo gesessen hatte. Tigo hatte Papierkügelchen durch die Klasse geschossen und Frau van Dam hatte geglaubt, es sei Sander gewesen. Sander war hinausgeschickt worden und Tigo hatte nichts gesagt. Auch dann nicht, als Sander am nächsten Morgen eine Stunde früher hatte kommen müssen. Er war so wütend auf sich selbst gewesen, weil er sich nicht getraut hatte, etwas zu sagen. Er war drei Tage zu Fuß zur Schule gegangen, um sich selbst zu bestrafen. Aber so was brachte doch nichts. Wie lange wollte er hier stehen bleiben? Bis er erfroren war? Dann brauchte er nicht mehr lange zu warten. Seine Ohren spürte er gar nicht mehr und seinen Mund konnte er kaum noch bewegen.

Da merkte er, wie dumm es war, hier herumzustehen. Wenn nun die Schwester des Jungen aus dem Krankenhaus kam und ihn erkannte? Er hatte zwar hinter den anderen gestanden, aber man konnte nie wissen. Vielleicht hatte sie ihn ja doch gesehen. Oder wollte er etwa entdeckt werden? Warum tat er sich das an? Dem Jungen half es auch nicht mehr, wenn er morgen erkältet war. Wenn er wirklich etwas für ihn tun wollte, musste er dafür sorgen, dass so was nie mehr passierte, und beim nächsten Mal eingreifen.

Es war schon fast dunkel, als Sander heimradelte. Er hatte sich lange nicht mehr so erbärmlich gefühlt. Zum Glück stellten seine Eltern keine Fragen mehr, als er nach Hause kam. Sie dachten bestimmt, er hätte Liebeskummer.

Am nächsten Morgen standen seine Klassenkameraden zusammen, als Sander auf den Schulhof bog. Wahrscheinlich erzählte Claas mal wieder eine seiner haarsträubenden Geschichten. Das würde ihn bestimmt auch ablenken. »Da ist er ja!«, hörte er Heike sagen.
Alle Köpfe drehten sich in seine Richtung. Sie reden über mich, dachte Sander. Sie haben erfahren, dass ich Samstag bei Indra gewesen bin. Ihm sollte es egal sein. Dann hatten sie wenigstens ein Gesprächsthema.
Als er sein Fahrrad abgestellt hatte, kamen Tom, Claas und Oliver zu ihm. »Was ist da passiert? Bist du verrückt geworden oder was?«
Auch die anderen aus seiner Klasse kamen zu ihm herüber.
»Was ist daran so verrückt?«, fragte Sander.
»Was so verrückt ist? Weißt du das selbst nicht?«
»Nein.« Sander merkte, wie Claas fast seine Beherrschung verlor.
»Wer macht denn so was, Mann? Wer stößt einen Rollstuhl um?«
Sander spürte, wie alle Farbe aus seinem Gesicht wich. Woher wussten sie, dass er in die Sache verwickelt war? Einen Moment lang glaubte er, Emil hätte ihn verraten, aber das würde er nie tun. Sander versuchte, sich zusammenzureißen.

»Wovon sprecht ihr überhaupt?«, fragte er.

»Das sind also die tollen Sachen, die du mit deinen alten Freunden unternimmst«, meinte Tom. »Jetzt versteh ich, warum du uns nicht interessant genug findest. Verglichen mit solchen Typen sind wir richtige Weicheier.«

»Ich bin total enttäuscht von dir«, sagte Oliver. »Du hättest uns doch über deine Freizeitbeschäftigung aufklären können.«

»Ja«, fügte Claas hinzu. »Ich würde auch gern erfahren, wie so was geht. Geht ihr nach einem bestimmten Plan vor? Einen Tag einen körperlich Behinderten, den anderen Tag einen geistig Behinderten, oder überlegt ihr euch das ganz spontan?«

»Das wäre auch was für mich«, meinte Tom in sarkastischem Ton. »Ich wohn in der Nähe des Blindenheims. Da müsste man doch auch seinen Spaß haben können.«

»Sehr witzig«, sagte Sander. »Ich weiß nicht, woher ihr diesen Unsinn habt. Ich soll zu denen gehören, die einen Rollstuhl umgestoßen haben?«

»Ja«, sagte Tom. »René hat sich das nicht ausgedacht.«

»Ganz bestimmt nicht«, bekräftigte Heike. »Mein Bruder macht so was nicht. Er hat dich weglaufen sehen, zusammen mit drei anderen. Dein Pech, dass er Freitagnachmittag durch den Park fuhr.«

»Der spinnt doch.« Mehr konnte Sander nicht sagen.

»Du hast dich aber gerade mächtig erschrocken«, sagte Heike.

»Wundert dich das?«, meinte Sander. »Du würdest dich

auch erschrecken, wenn man dich einer solchen Tat verdächtigt.«

»Du hast Glück«, erklärte Heike. »René war auf einem Theaterwochenende. Sonst hätte die Polizei längst bei dir vor der Tür gestanden.«

»Du kannst dir schon mal ein gutes Alibi zurechtlegen«, sagte Claas. »Du glaubst doch nicht etwa, dass René die Sache auf sich beruhen lässt, oder?«

»Er soll tun, was er nicht lassen kann.« Sander hielt sich tapfer, aber er spürte, wie er am ganzen Körper zitterte. Am liebsten hätte er sich umgedreht und wäre einfach weggelaufen. Aber dann würden alle wissen, dass er etwas mit der Sache zu tun hatte. Er musste alles abstreiten. Auch gegenüber der Polizei.

Sander fragte sich, ob er das durchhalten konnte. Die Polizei stellte ihre Fragen sehr geschickt und ehe man sich versah, hatte man sich verraten. Und es durfte nicht zu einer Gegenüberstellung mit dem Jungen und seiner Schwester kommen. Dann saß er ganz schön in der Klemme. Auch wenn die Wahrscheinlichkeit groß war, dass sie ihn nicht wiedererkannten, da er hinter den anderen gestanden hatte.

Sander blickte sich auf dem Schulhof um, aber Indra konnte er nirgends entdecken. Gott sei Dank! Sie würde ganz schön sauer ein, wenn sie von der Sache erfuhr. Dabei hatten sie sich am Samstag fast geküsst. Wahrscheinlich war sie jetzt sogar froh, dass ihre Eltern gerade rechtzeitig nach Hause gekommen waren. Wenn er nicht völlig in ihrer Achtung sinken wollte, musste er seine Unschuld beweisen. Aber das war unmöglich.

Sander war so in Gedanken versunken, dass er die Klingel überhörte. Während die anderen hineingingen, stand er immer noch draußen. Schüler aus anderen Klassen rempelten ihn an, als er kurz darauf die Treppe hinaufging. Die Neuigkeit hatte sich wie ein Lauffeuer in der Schule verbreitet.

»Da ist er ... der da!«, flüsterten die anderen Schüler.

Sander biss sich auf die Lippen und lief, ohne auf das Getuschel zu achten, in den Klassenraum. Er bemerkte, wie Tom sich nach hinten setzte. Und Dana und Susan, die vor ihm saßen, schoben demonstrativ ihren Tisch ein Stück nach vorne.

»Schade, dass wir keinen Behinderten in der Klasse haben, was?«, sagte Susan. »Dann hättest du dich an dem abreagieren können.«

»Jetzt weiß ich auch, warum du damals nicht mit zur Klassenfete fahren wolltest«, bemerkte Tigo spöttisch. »Du hattest unterwegs noch was zu regeln.«

»Ja.« Auch Tom konnte sich jetzt daran erinnern. »Du warst viel zu früh. Wahrscheinlich waren alle Behinderten schon zu Hause. So ein Pech aber auch.«

Sander tat, als ob er sie nicht hörte, und packte in aller Ruhe sein Heft aus der Tasche und tat, als würde er lesen.

»Seht ihn euch gut an«, sagte Heike. »Ich glaub nicht, dass Herr Meier so einen auf der Schule haben will.«

Jetzt wurde es Sander zu bunt. »Dein Bruder sollte lieber seine Klappe halten und keine schmierigen Lügen verbreiten. Ich hab nichts getan.«

»Aber hallo, das ist ja ganz mies. Meinen Bruder einen Lügner nennen. Dass du dich das traust!« Jetzt redeten alle durcheinander.

Sander war froh, dass sie als Nächstes Geschichte hatten, denn egal, was auch passiert war, Frau Kager ließ sich nicht von ihrem Stoff ablenken.

»Öffnet bitte euer Buch auf Seite fünfundzwanzig.« Und sie begann mit ihrem Unterricht.

Sander bekam nichts von der Stunde mit. Er rechnete jeden Moment damit, dass die Tür aufging und er aus der Klasse geholt wurde. Er konnte nur energisch alles abstreiten. René sollte erzählen, was er wollte, aber wenn er alles leugnete, konnten sie nichts machen. Plötzlich durchfuhr ihn ein schrecklicher Gedanke. Er konnte nur hoffen, dass René allein gewesen war. Gegen zwei Zeugen hätte er keine Chance.

Sander wusste nicht, wie er die Stunden überstanden hatte, aber als er die Klasse zur Pause verließ, passierte das, was er schon die ganze Zeit befürchtet hatte. Er wurde abgefangen, und zwar nicht von Herrn Meier, sondern von Herrn Koekebier. Wenn sich der Direktor persönlich um die Angelegenheit kümmerte, verhieß das nichts Gutes.

»Sander Koper, könntest du kurz mitkommen?«

Himmel, nein, dachte Sander und versuchte, so gelassen wie möglich zu bleiben, aber seine Mundwinkel zitterten.

»Setz dich«, bat ihn Herr Koekebier, als sie das Zimmer des Direktors betraten. »Ich denke, du weißt, warum du hier bist?«

Sander nickte. »Es hat mit dem Zeitungsartikel über den behinderten Jungen zu tun.«

»Richtig. Was am Freitagnachmittag im Park passiert ist, ist an sich schon schlimm genug, aber für uns stellt sich noch ein weiteres Problem. René Hoekstra aus der Neunten behauptet, dass er dich dort hat wegrennen sehen.« Koekebier blickte Sander an. »Das ist eine ernste Angelegenheit, mein Junge. Du musst mir sagen, ob du damit etwas zu tun hast.«

»Nein, überhaupt nichts.« Sanders Herz schlug so laut, dass er Angst bekam, Koebebier könnte es hören.

»Kannst du mir sagen, wo du zur besagten Zeit warst?«

Darauf konnte Sander so schnell keine Antwort geben. Er konnte schlecht sagen, zu Hause gewesen zu sein. Das würden sie sicherlich überprüfen.

»Ich hab mit der Tat nichts zu tun«, beteuerte Sander. »Ich war in der Stadt, um eine CD zu kaufen.«

»Gibt es jemanden, der das bestätigen kann?«, fragte Herr Koekebier.

»Nein«, erklärte Sander. »Ich war allein.«

»Das ist natürlich schlecht, mein Junge. René ist felsenfest davon überzeugt, dass du es gewesen bist. Nach Schulschluss geht er zur Polizei, die werden sich weiter darum kümmern.«

»Aber ich hab es wirklich nicht getan«, sagte Sander.

»Ich hoffe, dass du die Wahrheit sagst«, antwortete Koekebier. »Es würde dem guten Ruf der Schule schaden. Ich habe mich deshalb heute Morgen auch schon mit der Schulverwaltung beraten. Sie nehmen den Fall sehr ernst. Vor allem, da René ein hochanständiger Junge ist. Wenn sich herausstellt, dass du schuldig bist, wirst du von der Schule verwiesen.«

»Ich bin nicht schuldig«, erklärte Sander.

»Das wird die Untersuchung zeigen«, sagte Herr Koekebier. »Auf jeden Fall werde ich heute Morgen noch Kontakt zu deinen Eltern aufnehmen. Ich bin der Meinung, sie haben ein Recht darauf zu erfahren, was vorgefallen ist.«

Was? Koekebier würde seine Eltern informieren? Sander geriet derart in Panik, dass er wütend wurde. »Sie glauben mir also nicht? Dann brauche ich ja nicht mehr länger hier zu bleiben.« Er erhob sich und verließ das Zimmer des Direktors.

»Sander Koper!« Herr Koekebier kam hinter ihm her, aber Sander konnte nur an eines denken: Weg von hier! Er nahm seine Tasche und rannte aus der Schule.

Sander saß auf seinem Rad. Es hagelte, aber das merkte er gar nicht. Er konnte nur an seine Eltern denken und traute sich nicht, ihnen unter die Augen zu treten. Er hatte Pech, dass seine Mutter gerade heute freihatte, sonst hätte Koekebier sie nicht erreicht. Er hatte sie bestimmt schon angerufen. Sander vermutete, dass sie dann auch sofort seinem Vater Bescheid gesagt hatte. Er konnte sein Gesicht schon vor sich sehen. Als man sie damals erwischt hatte, als sie im Supermarkt einen Schokoriegel geklaut hatten, hatte er sich fürchterlich aufgeregt. Was würde ihn jetzt erwarten? Sander hatte Angst, dass seine Eltern nichts mehr mit ihm zu tun haben wollten. Er konnte sie sogar verstehen. Über kurz oder lang würde die ganze Bande gefasst und dann würde auch sein Name in der Zeitung stehen. Was würden dann die Kollegen seines Vaters sagen? Sein Vater konnte gleich die Kündigung einreichen. Und auch in der Firma seiner Mutter würden sie gewiss nicht in Jubel ausbrechen. Sander hörte schon das Getratsche. »Und so eine nennt sich Sozialarbeiterin. Und der eigene Sohn ist ein Krimineller.« Wenn es ganz schlimm kam, mussten sie vielleicht noch umziehen. Hätte er sich Emil nur in den Weg gestellt! Wieso hatte er bloß nichts getan? Zum hundertsten Mal standen ihm die Ereignisse im Park vor Augen. Er wusste noch genau, wie er dagestanden hatte. Er war vollkommen überrumpelt gewesen und als er endlich kapiert hatte, was passiert war, war es zu spät gewesen. Aber das konnte er natürlich keinem erzählen.

Je weiter er fuhr, desto düsterer wurde seine Stimmung, und er überlegte, ob er gar nicht mehr nach Hause gehen sollte. Er konnte weglaufen, dann waren seine Eltern ihn los. Er würde sich eben irgendeinen Job suchen. Bei der Brücke bremste er und starrte ins Wasser. Wenn er jetzt weglief, konnten sie ihn jedenfalls nicht in eine Anstalt für jugendliche Straffällige stecken. Wenn man dort landete, kam man so schnell nicht mehr raus. Jetzt konnte er sich noch entscheiden.

Sander zögerte. Er konnte natürlich alles leugnen. Wenn René der Einzige war, der ihn gesehen hatte, und der Junge und seine Schwester ihn nicht wiedererkannten, dann stand seine Aussage gegen die von René. In dem Fall hatte er noch eine Chance und konnte ohne Probleme die Schule beenden und würde auch Indra nicht verlieren. Sander durfte gar nicht daran denken, dass er sie nie mehr wiedersehen könnte. Er würde sie sein ganzes Leben lang nicht vergessen und jedes Mädchen mit ihr vergleichen und keins wäre so wie sie. Indra war einfach etwas ganz Besonderes und nicht zu ersetzen. Vielleicht bestand ja noch eine hauchdünne Chance und Sander fand, dass er sie ergreifen musste. Er stieg auf sein Rad.

Eine Viertelstunde später bog er in seine Straße ein. Die Hoffnung, dass seine Mutter nicht zu Hause war, schwand schlagartig, als er das Auto seines Vaters vor dem Haus stehen sah. Normalerweise kam das um diese Zeit nie vor. Sander stellte sein Fahrrad in den Schuppen und machte sich auf eine heftige Strafpredigt gefasst. Als er die Tür öffnete, kamen seine Eltern auf ihn zu. Und sein Vater fand es sehr vernünftig, dass er gleich nach Hause gekommen war.

Herr Koper war tatsächlich wütend, jedoch nicht auf Sander, sondern er war empört, dass die Schule es wagte, seinen Sohn einer solch widerlichen Tat zu bezichtigen. Er wollte nicht mal wissen, ob Sander etwas damit zu tun hatte. Das konnte er sich einfach nicht vorstellen.

»Es ist wirklich eine Schande«, tobte Herr Koper. »Das habe ich der Schulverwaltung auch gesagt. Die sind mich noch nicht los. Was ist dieser René für ein Junge? Hast du mit ihm Streit oder so?«

»Nein«, antwortete Sander. »Ich kenn ihn nicht mal. Er ist der Bruder von Heike, die bei mir in der Klasse ist.«

Seine Eltern waren so verständnisvoll, da fiel alle Anspannung von Sander ab und er fing an zu heulen.

»Nimm es dir nicht so zu Herzen, mein Junge«, tröstete ihn seine Mutter. »Sollen sie nur reden. Denk immer daran, dass deine Eltern hinter dir stehen.«

»Mach dir keine Sorgen wegen der Polizei«, sagte sein Vater. »Ich begleite dich aufs Revier. Sag einfach, wo du gewesen bist. Alles andere braucht dich nicht zu interessieren. Du warst doch bei Maarten und Chris, oder? Die können doch deine Aussage bestätigen. Es ist also alles in Ordnung.«

Oh Schreck! Fast hätte Sander aufgeschrien. Die Namen durfte die Polizei unter keinen Umständen zu hören bekommen. Denn Maarten und Chris würde der behinderte Junge bestimmt wiedererkennen. »Nein, ich *wollte* zu ihnen, aber sie waren nicht da. Ich war in der Stadt und hab mir CDs angehört.«

»Dann sagst du das«, meinte sein Vater. »Erhol dich erst mal. Sind in dieser Schule denn alle verrückt geworden...«

Eigentlich konnte Sander froh sein, dass seine Eltern so reagierten. Aber so wurden seine Schuldgefühle nur noch größer. Sie hatten so viel Vertrauen in ihn. Er hoffte inständig, dass niemals herauskommen würde, dass er in die Sache verwickelt war, nie, niemals.

11 Indra wusste nicht, was sich in der Schule abspielte. Als sie morgens aufgestanden war, war sie so müde gewesen, dass sie sich kaum anziehen konnte. Sie brauchte ihren Kopf nur ein bisschen zu bewegen und schon wurde ihr schwindelig. Ihre Mutter hatte sie wieder ins Bett geschickt. Als sie ein paar Stunden später die Augen aufschlug, fühlte sie sich ein wenig besser.
»Na also«, sagte ihre Mutter erfreut, als Indra angezogen in die Küche kam. »Man sieht, dass dir die Extrastunden Schlaf gut getan haben.«
»Eigentlich kann ich zur Schule gehen«, meinte Indra. »Wenn ich wieder den ganzen Tag zu Hause bleibe, wird mein Rückstand immer größer. Es ist jetzt schon schwierig genug, alles nachzuholen.«
»Du kannst es versuchen«, meinte ihre Mutter. »Aber du fährst auf keinen Fall mit dem Rad, ich bringe dich mit dem Auto.«
Indra war froh, wieder zur Schule gehen zu können. Nachdem Sander sich am Samstag verabschiedet hatte, war er ihr nicht mehr aus dem Kopf gegangen, und gestern hatte sie es vor lauter Verliebtheit kaum noch aushalten können. Sie hätte Sander gern angerufen, aber immer, wenn sie die Nummer gewählt hatte, hatte sie schnell wieder aufgelegt. Sie traute sich nicht und sie wollte auf keinen Fall, dass er dachte, sie würde ihm hinterherrennen. Den halben Nachmittag hatte sie träumend über ihren Hausaufgaben geses-

sen und immer an den Augenblick gedacht, kurz bevor ihre Eltern zurückgekommen waren. Es hatte richtig zwischen ihnen geknistert. Indra malte sich aus, was passiert wäre, wenn ihre Eltern nicht nach Hause gekommen wären. Erst war sie sich sicher gewesen, dass sie sich geküsst hätten, aber je mehr Zeit verging, desto größer wurden ihre Zweifel. Und wenn Heike wirklich recht hatte, durfte sie überhaupt niemanden küssen, und sie wusste nicht, ob Sander wirklich in sie verliebt war oder ob sie sich das nur einbildete. Wenn sie noch länger grübelte, hielt sie noch alles für pure Einbildung. Sie musste ihn sehen. Und sie musste mit Heike sprechen. Zum Glück war ihre Freundin nicht mehr sauer auf sie.

Eine Stunde nachdem sie neulich den Hörer aufgeschmissen hatte, hatte Heike schon vor der Tür gestanden. »Die Sache ist erledigt, einverstanden?« Bevor Indra hatte antworten können, hatte sie von Tobias erzählt.

Indra war es nur recht, sie war froh, dass der Streit vorbei war. Am Samstagabend waren Heike und Dana wieder zur Sporthalle gegangen. »Wir werden uns küssen, wetten?«, hatte Heike geunkt. Indra war neugierig, ob es geklappt hatte. Sie hatte gestern nicht gewagt anzurufen, da sie auf keinen Fall René am Apparat haben wollte.

Indra blickte auf die Uhr. Wenn sie jetzt losfuhren, war sie rechtzeitig zur großen Pause da, besser ging es gar nicht. Eilig packte sie ihre Schultasche.

»Keine Hektik«, warnte ihre Mutter. »Sonst musst du dich gleich wieder hinlegen. Die Schule läuft dir nicht weg.«

Indra antwortete nicht. Sie hatte keine Lust, ihrer Mutter zu erklären, warum sie so in Eile war. »Bringst du mich schnell hin?«, fragte sie.

Sie wurde ganz kribbelig, als sie neben ihrer Mutter im Wagen saß. Warum ging es nicht ein bisschen schneller? Ihre Mutter fuhr immer so schrecklich vorsichtig. Jetzt hielt sie schon wieder und dabei stand die Ampel noch auf Gelb. Indra kannte den Weg im Schlaf und wusste, wie lange es dauerte, bis sie wieder auf Grün sprang. Da hätte sie ebenso gut mit dem Fahrrad fahren können.

Als sie endlich bei der Schule ankamen, stieg sie schnell aus. »Danke fürs Bringen!« Sie lief in die Schule.

»Prima, dass du kommst«, empfing Heike sie. »Ich muss dir was Wichtiges erzählen.«

»Ich weiß schon«, entgegnete Indra. »Du hast Tobias geküsst.«

»Tobias ...?« Heike verzog angewidert das Gesicht. »Ich und dieser *Loser*?« Heike setzte zu einem langen Vortrag über Tobias an und ließ kein gutes Haar an ihm. Ihrer Ansicht nach war er der größte Idiot auf der Welt. Indra musste lachen. Am Freitag war Heike noch total verknallt gewesen. Aber die Reaktion ihrer Freundin überraschte sie nicht weiter, denn bei Heike musste man mit allem rechnen.

»Es gibt aber noch was viel Wichtigeres, das du erfahren musst«, sagte Heike.

»Nein, wirklich?«, rief Indra. »Erzähl, wer ist der neue Auserwählte?«

»He, hör mal!« Heike zog Indra am Zopf. »So schlimm bin ich

auch wieder nicht. Es geht um den Zeitungsbericht vom Samstag.«

Indra wusste sofort, wovon sie sprach. »Du meinst den Artikel über die Typen, die den Rollstuhl umgestoßen haben? Abscheulich, nicht?«

»Das Wichtigste weißt du noch nicht«, sagte Heike.

»Was meinst du denn?« Indra wurde neugierig.

»Bevor ich dir das erzähle, will ich erst etwas wissen. Hast du Sander geküsst?«

Indra verstand absolut nicht, was diese Frage damit zu tun hatte. »Nein.«

»Gott sei Dank!«, meinte Heike. »Sander gehört nämlich zu dieser Bande.«

Indra glaubte, Heike würde sie auf den Arm nehmen. »Ja, das habe ich mir schon gedacht. Das ist es gerade, was mich so anzieht. Er ist ein echter Krimineller. Hmmm ... du wirst mit der Tatsache leben müssen, dass deine Freundin so einen mag.«

»Das ist kein Witz«, erklärte Heike. »Ich sage die Wahrheit.«

»Sei nicht doof.« Indra fühlte mit der Hand Heikes Stirn. »Liegt das etwa an diesem durchgeknallten Tobias? Dann ist es wirklich besser, wenn du ihm nicht zu nahe kommst.«

»Du willst mir nicht glauben, was?«, fragte Heike. »René hat Sander Freitagnachmittag wegrennen sehen. Er fuhr zufällig durch den Park, als es passierte. Ich hab mir schon gedacht, dass du dich erschrecken wirst. Darum erzähl ich es dir jetzt. Ich selbst hab es auch erst heute Morgen gehört. René war das ganze Wochenende weg, sonst hätte ich dich

gestern schon angerufen. Aber es ist noch nicht zu spät und du hast ihn noch nicht geküsst. Zum Glück, würde ich sagen, sonst wärst du jetzt wahrscheinlich noch unglücklicher. René zeigt ihn heute Nachmittag bei der Polizei an.«
Heike kam zwar häufig mit irren Geschichten, aber diese übertraf wirklich alles. »René täuscht sich«, sagte Indra ruhig. »So was tut Sander nicht.«
»Indra, hör mir zu.« Heike war kurz davor, die Geduld zu verlieren.
»Kommst du?«, fragte Dana. »Sie glaubt eher diesem Typen als ihrer Freundin. Schön blöd, aber nicht zu ändern.« Dana zog Heike mit sich fort.
Mit offenem Mund starrte Indra ihrer Freundin hinterher. Sie hatte noch nie solchen Unsinn gehört. Allein der Gedanke, dass Sander so was getan haben könnte! Sie musste fast lachen.
Als sie kurz darauf die Pausenhalle betrat, wurde ihr klar, wie schwerwiegend Renés Beschuldigungen waren. Alle redeten darüber. Indra dachte an Sander. Wie musste er sich jetzt wohl fühlen? Ohne etwas zu ahnen, wurde man völlig zu Unrecht beschuldigt. Das konnte man ja nicht mit anhören! Überall wurde über Sander geredet. Am liebsten hätte sie laut geschrien: »Hört auf!« Aber dann glaubten ihre Mitschüler nachher noch, Indra sei vollkommen verrückt geworden. Sie sollte lieber Sander suchen, der brauchte ihre Unterstützung jetzt dringender.
In der Pausenhalle war es brechend voll, wie immer, wenn es draußen regnete. Es würde nicht einfach sein, Sander

hier ausfindig zu machen. An der Theke drängelten sich die Schüler und sie konnte nicht ausmachen, ob Sander unter ihnen war. Indra bahnte sich ihren Weg durch die Menge, als Claas sie ansprach. »Wen suchst du denn?«
»Sander«, antwortete Indra.
Claas ließ ein zynisches Lachen hören. »Dachtest du etwa, dass der sich hierhin traut? Wenn er noch nicht festgenommen worden ist, wird er wohl irgendwo draußen stehen, allein im Regen.«
Indra wollte weitersuchen, aber es klingelte schon. Sie wollte lieber nicht zu spät zur Stunde kommen. Hoffentlich würde sie in Wirtschaft zur Tafel gerufen, dann konnte sie dank Sanders Nachhilfe ihre Note aufbessern.

Als Indra die Klasse betrat, sah sie sofort, dass Sanders Platz leer war. Es fiel auch den anderen auf.
»Anscheinend ist Sander während der Pause abgehauen«, meinte Susan.
»Dann kann ich mich wenigstens wieder auf meinen Platz setzen.« Tom stand auf und ging nach vorn.
»Wer möchte heute zur Tafel kommen?« Herrn Pulenburgs Blick glitt durch die Klasse. »Wenn es einen Freiwilligen gibt, kann er sich jetzt melden.«
Gerade als Indra aufzeigen wollte, wurde die Tür geöffnet.
»Gert, darf ich stören?« Ohne eine Antwort abzuwarten, betrat Herr Koekebier die Klasse. Bei einer kurzen Nachricht blieb er normalerweise stehen, aber jetzt nahm er auf Herrn Pulenburgs Stuhl Platz. »Ich möchte mich kurz mit euch un-

terhalten«, begann er. »Wir alle haben in der Zeitung lesen können, was Freitagnachmittag passiert ist. Eine Gruppe feiger Jugendlicher hat einen behinderten Jungen bedroht und seinen Rollstuhl umgestoßen. Äußerst unfair. Aber besorgniserregender finde ich, dass einer eurer Mitschüler dieser Tat verdächtigt wird.«

»Sander ...«, sagten einige.

Koekebier nickte. »René Hoekstra aus der Neunten fuhr gegen fünf Uhr durch den Park und hat die Täter davonrennen sehen. In einem von ihnen erkannte er Sander Koper. Leider haben wir keinen Grund zu der Annahme, dass René sich etwas Derartiges ausdenkt. Ich habe bereits mit Sander gesprochen und er weiß, dass die Polizei informiert werden wird.«

»Haben Sie ihn von der Schule geworfen?«, fragte Tigo.

»Nein«, antwortete Herr Koekebier. »Er wollte nach Hause gehen.«

»Dieser Feigling!«, sagte Susan.

»Vorsicht«, warnte Herr Koekebier. »Wir sollten nicht zu vorschnell urteilen. Die Ermittlungen werden zeigen, ob er schuldig ist. Er selbst beteuert, dass alles ein Missverständnis ist.«

»Na klar, super Missverständnis.« Die halbe Klasse fing an zu johlen. Indra spürte, wie Wut in ihr aufstieg. Warum glaubten sie Sander nicht?

Wenn er seine Unschuld beteuerte, dann war das die Wahrheit. Sie wusste, wie furchtbar es war, wenn einem nicht geglaubt wurde, und fragte sich, wie René zu solchen Anschul-

digungen überhaupt kam. Doch dann fiel ihr ihr letztes Treffen ein, als sie René erzählt hatte, dass sie in Sander verliebt war. Sie musste daran denken, wie wütend er gewesen war. Er hatte Sander einen Blödmann genannt. Und es hatte sie noch mehr irritiert, dass er einfach ignorierte, dass sie verliebt war.
Langsam begriff sie, was Renés eigentliche Motive waren. Er war eifersüchtig. Wie gemein! Hätte sie Sanders Namen doch bloß niemals genannt.
»Muss Sander die Schule verlassen?«, wollte Heike wissen.
»Wenn sich herausstellt, dass er schuldig ist«, sagte Koekebier.
Indra konnte überhaupt nicht verstehen, dass Koekebier Renés Beschuldigungen ernst nahm. Der konnte doch viel erzählen, aber damit war noch lange nicht bewiesen, dass Sander der Schuldige war. Dazu brauchte man weitere Zeugen. Indra kaute verwirrt auf ihrem Bleistift. Vielleicht hatte René noch jemanden angestiftet, gegen Sander auszusagen. Wenn zwei Leute bezeugten, dass sie ihn hatten weglaufen sehen, hatte Sander keine Chance und wurde von der Schule verwiesen, und das nur wegen Renés hinterhältiger Intrige. Aber das würde sie nicht zulassen. Wenn René glaubte, dass er Sander das Leben schwer machen konnte, hatte er sich gründlich getäuscht. Sie würde dafür sorgen, dass Sander freigesprochen wurde. Das würde zwar bedeuten, dass sie lügen musste, aber schließlich log René auch. Bevor Indra ihre Entscheidung bereuen konnte, hob sie den Finger.

»Indra?« Koekebier schaute sie an.

Plötzlich fühlte Indra sich sehr unwohl. War ihr Plan gut überlegt?

»Ja, bitte?«, drängte Herr Koekebier.

Indra dachte an Sander, dann atmete sie tief durch und sagte laut, sodass die ganze Klasse sie hören konnte: »Sander kann es nicht getan haben . . .« Das Wichtigste hatte sie noch gar nicht gesagt, da unterbrach sie Herr Koekebier.

»Ich weiß, was du sagen willst, Indra. Wir können es uns auch nur schwer vorstellen.«

»Was meinst du, wie ich mich fühle«, fügte Tom hinzu. »Ich sitze seit einem halben Jahr neben ihm.«

Indra merkte, wie ihr der Schweiß ausbrach. Warum war Herr Koekebier ihr ins Wort gefallen? Jetzt war sie sich nicht mehr sicher, ob sie sich traute weiterzureden.

»Lasst uns das Ergebnis der Ermittlungen abwarten.« Herr Pulenburg machte Anstalten, mit seinem Unterricht fortzufahren.

Trau dich, redete Indra sich selbst Mut zu. Wenn du willst, dass Sander auf der Schule bleibt, musst du jetzt deinen Mund aufmachen. »Herr Koekebier, Sie haben mich gerade unterbrochen. Ich sagte, dass Sander es nicht getan haben kann, nicht, weil ich es mir nicht vorstellen kann, sondern weil ich mir da ganz sicher bin.«

»Wieso?«, fragte Koekebier.

»Er war bei mir«, sagte Indra.

Hatte sie das wirklich gesagt oder nur gedacht? Als sie die Reaktion der Klasse sah, war kein Zweifel mehr möglich. Es war mucksmäuschenstill und alle Mitschüler blickten sie gespannt an. Selbst Herr Koekebier schien verwirrt.

»Stimmt das, Indra?« Man merkte, dass er wünschte, es wäre so.

Indra sah sich in der Klasse um. Alle machten einen niedergeschlagenen Eindruck. Geschieht euch recht, dachte sie. Das habt ihr von eurem gemeinen Gerede.

»Ja, Herr Koekebier«, bestätigte Indra. »Wir wollten abends ins Kino gehen, aber ich war an dem Tag nicht in der Schule, weil ich zu müde war. Deshalb kam Sander nachmittags bei mir vorbei.«

»Wann war das?«

»Nach dem Unterricht«, antwortete Indra. »Und er ist ziemlich lange geblieben.«

»Ziemlich lange? Was muss ich darunter verstehen?«

»Ich weiß nicht mehr genau, wie spät es war, aber es war schon dunkel, als er ging.«

»Das stimmt nicht«, sagte Heike. »René ist sich ganz sicher, dass es Sander war. Er lügt nicht.«

»Also«, unterbrach sie Herr Koekebier, »wenn Sander um diese Zeit bei Indra gewesen ist, kann René ihn nicht gesehen haben. Er muss sich getäuscht haben.« Herr Koekebier blickte Indra an. »Ich versteh nur nicht, warum Sander das nicht erzählt hat. Er hat behauptet, in der Stadt gewesen zu sein und sich CDs angehört zu haben.«

Damit hatte Indra nicht gerechnet. Sie war selbst überrascht, wie schnell ihr eine Ausrede einfiel. »Das hat er meinetwegen gesagt, denn er hat mir versprechen müssen, niemandem zu erzählen, dass wir zusammen sind. Ich wollte es nicht überall herumposaunen.«

Herr Koekebier nickte. »Es spricht für Sander, dass er sein Versprechen nicht gebrochen hat. Ich glaube, wir haben einiges gutzumachen. Gert, danke, dass du einen Augenblick Zeit hattest.« Herr Koekebier verabschiedete sich von der Klasse.

Es brach eine heftige Diskussion los. Die meisten waren sauer auf René und schämten sich Sander gegenüber.

»Er hat doch gesagt, dass er es nicht getan hat«, meinte Claas. »Wir hätten ihm glauben sollen.«

»Das hättet ihr tun sollen«, sagte Indra. »Aber mich überrascht das nicht, denn in dieser Klasse wird einem nie etwas geglaubt.« Die Worte klangen heftiger, als sie es wollte.

12 Indra hatte das Gefühl, dass vor ihren Augen ein Film ablief. Erst als Herr Koekebier die Klasse verlassen hatte, drang langsam zu ihr durch, was sie getan hatte. Sie hatte gelogen. Die ganze Stunde über wagte sie es nicht, Heike anzusehen. Als es schließlich klingelte, beeilte sie sich, aus der Klasse zu kommen, als wäre sie vor ihrer Freundin auf der Flucht, aber Heike kam hinter ihr her.
»Ich muss dich sprechen.«
Als Dana auch mitkommen wollte, schickte Heike sie fort. »Kannst du uns bitte eben allein lassen.« Sie ging mit Indra in eine Ecke der Halle, wo niemand sie hören konnte.
»Stimmt es wirklich?«, fragte sie. »War Sander bei dir? Oder hast du das nur so gesagt?«
Indra wurde rot. Jetzt musste sie ihre beste Freundin belügen. Das hatte sie noch nie getan. Sie waren immer ehrlich zueinander gewesen.
»Ich hab dich was gefragt«, drängte Heike.
Indra sah sie an. Sie würde Heike gern ins Vertrauen ziehen, aber in diesem Fall ging das einfach nicht. Heike würde sich auf Renés Seite stellen. Sie konnte nicht riskieren, dass sie sich für ihren Bruder entschied.
»Ja, Sander war bei mir.« Indra merkte selbst, dass sie nicht sehr überzeugend klang.
»Weißt du, warum ich das wissen will?«, sagte Heike. »Ich glaube dir nicht. Warum hast du das gestern Abend nicht gleich gesagt?«

»Ich habe nicht dran gedacht.« Indra wusste auch, dass sich das ziemlich fadenscheinig anhörte, aber was hätte sie sonst antworten sollen?
»Dann hat René sich wohl getäuscht«, sagte Heike. »Sander war wirklich bei dir? Am Freitagnachmittag«, fügte sie hinzu, als Indra nickte. »Zwischen fünf und sechs.«
»Ja, da war er bei mir.« Indra wünschte, Heike würde endlich aufhören.
»Schwöre es«, sagte Heike.
Indra erschrak. Sie konnte nicht auf etwas schwören, das nicht stimmte. »Was soll das kindische Getue«, sagte sie schnell. »Das haben wir in der Grundschule gemacht. Du kannst mir auch so glauben.«
»Nein«, antwortete Heike entschlossen. »Erst, wenn du schwörst, dass er wirklich bei dir gewesen ist, glaub ich dir.«
Indra spürte, dass ihre Hände nass wurden. Vielleicht sollte sie Heike doch besser die Wahrheit sagen. Aber wenn sie das tat, musste Sander wahrscheinlich die Schule verlassen. Sie fühlte sich zwischen Sander und ihrer besten Freundin hin- und hergerissen. Das war nicht fair. Und alles nur wegen René. Wenn der sich nicht so mies aufgeführt hätte, wäre das nie passiert. Jetzt sah es fast so aus, als wäre alles allein ihre Schuld. Sie hatte nicht grundlos gelogen, sie war sich sicher, dass Sander nichts mit der Sache zu tun hatte, absolut nichts. Aber sie würde nicht schwören, dass er bei ihr gewesen war. Dann würde sie Heike nie mehr in die Augen sehen können.

»Da hast du's«, meinte Heike. »Das kannst du nicht. Dann ist es also eine Lüge. Sander war nicht bei dir. Komm, wir sagen es den anderen. Da vorn ist Dana. Dana, hör mal...«
»Nein!« Indra hielt ihre Freundin zurück. »Sander war bei mir. Also gut, wenn du unbedingt willst.« Sie hob zwei Finger. »Ich schwöre, dass er bei mir war.«
»Jetzt glaub ich dir.« Heike gab ihrer Freundin einen Kuss. »Komm, ich spendier dir 'ne Cola, weil du so eine lästige Freundin hast. Aber schließlich geht es auch um meinen Bruder.« Sie legte einen Arm um Indra. »Ich hätte es besser wissen müssen. René hat sich einfach vertan... Freust du dich nicht, dass ich dir jetzt glaube?«
Aber Indra freute sich überhaupt nicht. Sie fühlte sich schuldig.
Heike hatte gerade für beide eine Cola bestellt, als René mit seinen Freunden in die Pausenhalle kam. Indra hoffte, dass er einfach weitergehen würde. René war der Letzte, mit dem sie jetzt sprechen wollte. Aber René ging Indra nicht aus dem Weg, sondern kam geradewegs auf sie zu. Auch seine Freunde stellten sich zu ihnen.
»Du weißt hoffentlich, was du angerichtet hast?«, fragte René. »Du hast absichtlich eine Falschaussage gemacht. Das ist strafbar. Ich will nicht, dass du Schwierigkeiten bekommst, deshalb gehe ich nicht zur Polizei. Glück für Sander.«
Ganz ruhig bleiben, sagte Indra zu sich selbst. Du lässt dich nicht verrückt machen. Sie hatte keine Lust, Ärger mit René zu bekommen. Das würde ihrer Freundschaft mit Heike

nicht guttun. »Ich habe nicht falsch ausgesagt«, entgegnete sie so ruhig wie möglich.

René schüttelte den Kopf. »Ich weiß, dass du lügst.«

Jetzt mischte sich Claas ein. »Es reicht, René.«

»Halt du dich da raus«, antwortete René barsch. »Ich wollte Indra nur warnen.«

»Ja, ja«, meinte Tom lachend. »Du willst wohl nicht zugeben, dass du dich geirrt hast. Ziemlich schwach, weißt du das? Aber lass Indra in Ruhe.«

»Ich...? Ich soll Indra in Ruhe lassen?« René wurde vor Wut ganz rot. »Das solltest du besser Sander sagen. Ihr habt doch keine Ahnung. Der Typ ist gemeingefährlich. Viel gefährlicher, als ihr glaubt. Und ich sag das nicht nur so.«

»Spiel dich bloß nicht so auf«, sagte Indra gereizt. »Deine Anschuldigungen kannst du für dich behalten.«

»Nein«, sagte René, »das werde ich nicht tun. Ich weiß, warum du gelogen hast. Das hat bestimmt Sander von dir verlangt. Er bedroht dich. Du musst sagen, dass er bei dir gewesen ist, gib's ruhig zu. Er hat dich in der Hand.«

Indra hatte Mühe, sich zu beherrschen. Wie konnte er so etwas über Sander sagen? Aber René hörte einfach nicht auf.

»Ja, ja, die Wahrheit verträgst du nicht, was?«

»Sander bedroht mich nicht.« Indra sagte das so laut, dass alle in der Pausenhalle sie hören mussten. »Du bist derjenige, der mich belästigt, nicht Sander.«

»Ich? Jetzt spinnst du komplett«, fuhr René sie wütend an. »Du verdrehst die Tatsachen. Du hast ganz einfach Angst vor dem Kriminellen, totale Angst.«

Das hätte René nicht sagen dürfen. »Sander ist kein Krimineller!«, brüllte Indra zurück. »Du willst ihn fertigmachen, weil ich nicht mit dir zusammen sein will, sondern mit Sander!«

Es wurde mucksmäuschenstill in der Pausenhalle. Indra rechnete damit, dass René ihr im nächsten Moment ins Gesicht schlagen würde, aber das tat er nicht. Stattdessen drehte er sich mit einem Ruck um und verließ wortlos die Pausenhalle.

Indra hatte die Schlacht für sich entschieden, aber sie war nicht stolz darauf. Ganz im Gegenteil. Sie hätte diesen Trumpf nicht ausspielen dürfen. Es war nicht ihre Absicht gewesen, René vor den Augen der ganzen Schule bloßzustellen. Aber er hatte sie einfach zu sehr provoziert. Indra hoffte, dass Heike das verstand. Sie sah zu ihrer Freundin hinüber, aber der eiskalte Blick in Heikes Augen sagte alles. Heike würde ihr das nicht so schnell vergeben, vielleicht nie.

Die Spannung im Wohnzimmer der Familie Koper war für Sander kaum zu ertragen. Die Wahrscheinlichkeit, ungeschoren aus der Angelegenheit herauszukommen, schwand in Sanders Augen von Minute zu Minute. Nichts war mehr selbstverständlich. Sein ganzes Leben konnte sich von jetzt auf gleich verändern.

Am schlimmsten war, dass er sich nirgendwo sicher fühlte. Die Polizeibeamten konnten jeden Moment vor der Tür stehen. Es würde Sander nicht überraschen, wenn sie ihn zu einer Gegenüberstellung mit ins Krankenhaus nahmen, damit der behinderte Junge ihn identifizieren konnte. Und sein Vater würde daneben stehen. Sander zitterte allein bei dem Gedanken. Mit einem Mal wusste er auch nicht mehr mit Sicherheit, ob er hinter dem Jungen im Rollstuhl und seiner Schwester gestanden hatte. Und seine Jacke war so auffällig. Das Knallrot mit Gelb vergaß man nicht so schnell. Aber was sollte er machen? Er konnte schlecht seine Sommerjacke anziehen. Draußen hatte es gefroren. Seine Mutter würde fragen, ob er verrückt geworden sei.

Wieder und wieder versuchte er, sich an die Ereignisse des besagten Nachmittags zu erinnern, aber er wusste es nicht mehr genau. Er wusste überhaupt nichts mehr. Er wurde ganz verrückt von all dem Warten. Warum blieb er bloß so ruhig dabei? Wenn doch die Polizei kommen würde, dann hätte er es wenigstens hinter sich.

Sein Vater machte ihn nur noch nervöser. Der lief schon die ganze Zeit unruhig im Wohnzimmer auf und ab. »Die können noch so viel behaupten, das soll uns egal sein. Und das ist es auch.« Das sagte er jetzt zum dritten Mal. Sander kannte seinen Vater. Gerade, wenn er so gleichgültig tat, kochte er innerlich.

Seine Mutter war rührend um ihn besorgt. »Sag mir, was du heute Abend essen möchtest, mein Junge.«

Als wenn ihn das im Moment interessierte! Er durfte froh sein, wenn er heute Abend noch bei seinen Eltern am Tisch saß. Vielleicht wurde er direkt in eine Jugendstrafanstalt eingeliefert.

Sander verstand nicht, dass er heute Morgen noch geglaubt hatte, es würde alles ein gutes Ende nehmen. Wie hatte er so naiv sein können? Die Polizei würde ihm nicht ohne Weiteres glauben, wenn er beteuerte, er habe nichts mit der Sache zu tun. Sie würden Ermittlungen einleiten. In jedem Fall würden sie den Jungen und seine Schwester befragen. Würden die ihn erkennen? Sanders Gedanken gingen zurück zu dem Freitagnachmittag, Schritt für Schritt. Er dachte an den Moment, als Maarten und Chris aufgetaucht waren. Er erinnerte sich noch, dass er auf Emil zugegangen war, um ihm das Geld zu geben. Aber Moment mal ... Sander erschrak. Jetzt erinnerte er sich plötzlich an ein sehr wichtiges Detail. In Gedanken hörte er Emil rufen: »Ach, da kommt ja Sander ...« Das mussten der Junge und das Mädchen auch gehört haben. Es stand noch schlechter um ihn, als er angenommen hatte. Sie hatten seinen Namen gehört. Jetzt wusste er, was sich auf dem Polizeirevier abspielen würde. Was für ein Schlag für seinen Vater, der dabei sein würde. Musste er seinen Eltern so eine Blamage nicht ersparen? Sollte er nicht besser gleich erzählen, was passiert war? Noch war es nicht zu spät.

»Papa ...«, begann Sander.

»Ich weiß schon, was du sagen willst.« Sein Vater war viel zu ungeduldig, um seinem Sohn zuzuhören. »Es ist wirklich unfassbar von deinem Direktor, aber es wird ihm noch leidtun, wetten?«

Sander blickte seinen Vater an, aber er traute sich nicht weiterzureden. Er hatte Angst vor der Reaktion. Voller Panik blickte er sich um. Es gab eigentlich nur eine Lösung: Flucht. Er musste weg. Jetzt hatte er noch die Möglichkeit, doch wenn die Polizei nachher vor der Tür stand, würde es zu spät sein. Sander stand auf und ging nach oben. In seinem Zimmer kippte er seinen Rucksack aus. Seine Schulsachen brauchte er nicht mehr. Er nahm in Windeseile ein paar Kleidungsstücke aus dem Schrank und stopfte sie in den Rucksack. Er griff nach seiner Zahnbürste und einer Tube Zahnpasta und schlich die Treppe herunter. Gerade, als er seine Jacke anziehen wollte, klingelte das Telefon. Sander wurde blass.

»Koper«, hörte er seinen Vater sagen. »Ja, Herr Koekebier. Sie wollen Sander und mich sprechen? Kein Problem. Nein, wir kommen zu Ihnen.«

Sander wiederholte die Worte seines Vaters im Kopf. »Nein, wir kommen zu Ihnen.« Er konnte doch seinen Vater nicht allein gehen lassen und ihm wurde klar, wie feige sein Plan war. Er musste die Verantwortung für seine Tat übernehmen. Er versteckte den Rucksack in der Garderobe und ging ins Wohnzimmer.

»Was sollen wir in der Schule?«, fragte er.

»Ich nehme an, dass wir dort einen Polizisten treffen werden«, meinte sein Vater. »Und natürlich das Bürschchen, das meinen Sohn fälschlicherweise beschuldigt hat. Den werde ich mir mal zur Brust nehmen.«

»Bleib bitte ruhig«, beruhigte ihn Sanders Mutter. »Der Polizist kann doch nichts dafür, der Mann macht auch nur seine Arbeit. Und René ist noch ein halbes Kind.«

»Ein Junge in der neunten Klasse weiß genau, was er tut. Den brauchst du nicht in Schutz zu nehmen. René ist mindestens sechzehn. In dem Alter muss man sich darüber im Klaren sein, was man mit übler Nachrede alles anrichten kann.« Vater sah Sander an. »Kommst du?«
Sander nickte. Vielleicht würde er nie wieder nach Hause kommen? Er sah sich noch einmal im Zimmer um, als müsste er sich alles gut einprägen.
Ein paar Minuten später saß er neben seinem Vater im Auto. »Es ist schon ein merkwürdiger Tag, was?« Er legte seine Hand auf Sanders Schulter. »Kopf hoch. Du bist ein echter Koper. Die lassen sich nicht so leicht unterkriegen.«
Sander lachte, auch wenn es ihm schwerfiel. Sein Vater war auch noch stolz darauf, dass er seinen Namen trug. Was passierte wohl, wenn sich gleich herausstellen würde, dass René recht hatte ...

Sander hatte ein komisches Gefühl im Magen, als er durch die Eingangshalle der Schule ging. Die anderen hatten jetzt Niederländisch. Ob er seine Klasse jemals wiedersehen würde? Er musste an Indra denken, die nichts ahnte. Auf jeden Fall würde er sie verlieren, selbst wenn er aus Mangel an Beweisen auf der Schule bleiben konnte. Sie würde nichts mehr mit ihm zu tun haben wollen. Sie würde ihm nicht mehr vertrauen. Niemand aus seiner Klasse würde noch etwas mit ihm zu tun haben wollen. Es sei denn, er konnte beweisen, dass René log. Und das war eben nicht möglich.

Selbst schuld, er hätte nicht einfach wie eine Salzsäule stehen bleiben dürfen. Er hätte etwas sagen sollen oder weglaufen müssen. Hör auf, wies Sander sich selbst zurecht. Darum geht es nicht. Der Rollstuhl ist umgekippt. Das konnte er nicht ungeschehen machen. Er musste sich jetzt auf das Gespräch mit dem Polizisten konzentrieren.
Herr Koekebier stand bereits mit ausgestreckter Hand an der Tür zu seinem Zimmer. »Schön, dass Sie sich die Mühe gemacht haben zu kommen, Herr Koper.«
Sogar Sander reichte er die Hand. Sander merkte seinem Direktor an, dass er nervös war. Wahrscheinlich lag das daran, dass ein Polizeibeamter in seinem Zimmer wartete. Sander ließ seinen Vater vorgehen. Er holte tief Luft und betrat das Zimmer. Aus den Augenwinkeln schielte er zum Tisch hinüber, aber es war niemand im Raum.
Na klasse, dachte Sander, jetzt muss ich auch noch warten. Wären sie nur im Auto sitzen geblieben, bis der Mann gekommen war.
»Darf ich Ihnen beiden eine Tasse Tee anbieten?«, fragte Herr Koekebier.
»Nein, danke sehr«, antwortete Sanders Vater kurz angebunden. »Wir sind nicht zum Teekränzchen gekommen.«
»Und du, Sander?«
»Nein, danke.« Sander mochte sich gar nicht vorstellen, wie er mit zitternden Fingern seine Teetasse in der Hand hielt. Jeder würde dann sehen, wie nervös er war.
»Wie Sie möchten«, sagte Herr Koekebier. »Dann werde ich gleich zur Sache kommen. Ich, äh . . . ich weiß nicht recht,

wie ich anfangen soll. Aber zuallererst möchte ich mich bei Ihrem Sohn entschuldigen.«

Sander verstand überhaupt nichts mehr. Was sollte das denn jetzt? Herr Koper hingegen war nicht so überrascht. »Sie meinen, Sie haben eingesehen, dass mein Sohn so was niemals tun würde?«

»Ich möchte sogar noch weiter gehen«, antwortete Koekebier. »René hat sich geirrt.« Sander wollte seinen Ohren nicht trauen und verstand nicht, warum René plötzlich einen Rückzieher gemacht hatte.

Doch Sanders Vater fuhr Herrn Koekebier heftig an. Seiner Ansicht nach war es skandalös, dass ein erfahrener Schulleiter den Bemerkungen eines Schülers so uneingeschränkt Glauben schenkte. Er musste doch wissen, dass Sander so etwas niemals tun würde. Von ihm aus konnte Sander gern die Schule wechseln, obgleich er sich sicher war, dass Sander das nicht wollte.

»Sie haben ja recht«, pflichtete Herr Koekebier ihm bei. »Ich habe nicht sehr verantwortungsvoll gehandelt.« Er wandte sich an Sander. »Ich hätte diese Unannehmlichkeiten verhindern müssen und du hättest mir gleich ehrlich sagen müssen, wo du zur Tatzeit gewesen bist.«

Nun verstand Sander noch weniger, doch er versuchte, seine Verwirrung, so gut es ging, zu verbergen. Anscheinend sah es nicht schlecht für ihn aus. Er wusste nur nicht, wem er das zu verdanken hatte.

»Haben Sie die Polizei eingeschaltet?«, fragte Herr Koper.
»Das war nicht mehr nötig«, antwortete Herr Koekebier.

»Ich habe vorhin mit Sanders Klasse gesprochen. Und da hat sich herausgestellt, dass Sander ein Alibi hat. Indra hat bestätigt, dass Sander zur Tatzeit bei ihr gewesen ist.«

Indra ... Sander fiel vor Überraschung fast vom Stuhl. Hatte Indra seinetwegen gelogen?

»Ich muss zugeben, dass auch ich das nicht wusste«, meinte Sanders Vater.

Sander war sprachlos. Zum Glück hatte Herr Koekebier eine Antwort parat. »Es ist wohl so, dass Sander Indra versprechen musste, ihr Treffen geheim zu halten. Und das hast du getan, Sander. Du hast dein Wort gehalten.«

»Ein echter Koper«, sagte sein Vater stolz.

»Nun, Sander«, erklärte Herr Koekebier, »ich möchte mich bei dir entschuldigen und werde dafür sorgen, dass das Missverständnis so schnell wie möglich ausgeräumt wird. Die Klasse 8c ist bereits informiert. Sie werden dich mit offenen Armen empfangen. Aber ich habe vollstes Verständnis dafür, wenn du es vorziehst, den Rest des Tages lieber zu Hause zu verbringen.«

Sander wollte nicht daran denken, die Klasse betreten zu müssen. In dieser Situation schien ihm das nicht sehr vernünftig und zuerst musste er mit Indra sprechen. Sonst lief hinterher doch noch alles schief. »Ich gehe wirklich lieber mit meinem Vater nach Hause«, antwortete er.

»Prima, mein Junge. Wir sehen uns dann morgen.«

Wie Sander vorausgesehen hatte, setzte sein Vater im Auto zu einer Schimpftirade über Herrn Koekebier an und ließ kein gutes Haar an ihm. Er hielt mit seiner Kritik nicht hinterm Berg.

»So«, sagte Sanders Vater, während er sein Auto einparkte. »Und jetzt wollen wir nicht mehr darüber sprechen. Diese Stümper sollen sehen, wo sie bleiben. Und jetzt was anderes. Wie ist das nun? Seit wann hat mein Sohn heimlich Verabredungen mit jungen Damen? Ein Vater muss so was wissen. So war das früher auch bei mir. Mein Vater wusste über alles Bescheid. Und denk dran: Wenn du ein Mädchen küsst, musst du erst deinen Vater um Erlaubnis bitten.«
Herr Koper blickte Sander erwartungsvoll an, um zu sehen, wie er den Scherz aufnahm. Doch Sander hörte seinem Vater gar nicht zu. Seine Gedanken kreisten nur um die Tatsache, dass Indra seinetwegen eine Falschaussage gemacht hatte. Er konnte es noch immer nicht fassen.

13 Ganz allmählich dämmerte es Sander, dass seine Lage gar nicht so schlecht aussah. Er würde nicht aufs Polizeirevier gehen müssen und morgen würde er wie immer in seiner Klasse sitzen. Und das alles hatte er Indra zu verdanken. Er musste so schnell wie möglich mit ihr reden. Wenn es nach ihm ginge, säße er schon auf dem Rad. Aber montags hatten sie immer lange Unterricht, da würde er sich noch eine Stunde gedulden müssen. Er wollte nicht vor verschlossenen Türen stehen. Noch schlimmer wäre, wenn Indras Vater zu Hause wäre und er sich wieder stundenlange Vorträge über Fische anhören musste.
»Möchtest du noch Tee?«, fragte Sanders Vater. »Frisch Verliebte sind sehr durstig, wusstest du das?«
Sander sagte nichts.
»Diese Indra scheint mir ein nettes Mädchen zu sein«, fuhr sein Vater fort. »Sie hätte auch ihren Mund halten können.«
Nett?, dachte Sander. Sie ist fantastisch! Er hatte gewusst, dass sie etwas Besonderes war, aber etwas so Besonderes... Welches Mädchen hätte so was gemacht? Dabei gingen sie nicht mal miteinander. Er hätte Indra nur zu gerne eine Überraschung bereitet. Manchmal standen doch diese geheimnisvollen Anzeigen in der Zeitung. Er musste lachen bei dem Gedanken, dass er so was für Indra machte. *Indra, danke. Sander.* Er hätte gern ihr Gesicht gesehen, wenn sie die Zeitung aufschlug. Und auch das von Herrn Koekebier. Der würde sofort misstrauisch werden. Sander stellte sich

vor, wie er dann die Klasse betrat. »Indra, könntest du bitte eben mitkommen? Wofür will Sander sich bei dir bedanken?«

Nein, er sollte sich besser etwas Unauffälligeres einfallen lassen.

»Was möchtet ihr essen?« Sanders Mutter hatte die Einkaufsliste in der Hand, als es klingelte.

»Erwartest du jemanden?«, fragte sie.

Sander schüttelte den Kopf. Doch dann fiel ihm ein, dass Indra ihn vielleicht sprechen wollte. Statt zur Tür zu rennen, blieb er gespannt sitzen. Angestrengt lauschte er, als sein Vater nun die Haustür öffnete.

»Kommt rein, Jungs«, hörte Sander seinen Vater sagen. Sander erschrak, als Maarten und Chris vor ihm standen. Was wollten die denn hier? Seit ihrem Streit hatte er sie nicht mehr gesehen. Sander hätte sie gern gleich in sein Zimmer geschleust, um zu verhindern, dass sein Vater von den spannenden Erlebnissen des Tages anfing. Aus Angst, dass sie sich vor Schreck verrieten, ging er schon vor zu seinem Zimmer. Doch Maarten und Chris verstanden seine Eile überhaupt nicht. »Haben Sie heute frei?«, fragten sie Herrn Koper. Sie hatten nicht damit gerechnet, ihn um diese Zeit zu Hause anzutreffen.

Hilfe, nein, dachte Sander. Das hätten sie nicht fragen sollen.

Sein Vater setzte zu einer ausführlichen Erklärung an.

»Nein, so würde ich das nicht nennen. Ich bin heute nach Hause gekommen, da Gerüchte die Runde machten, Sander sei ein Krimineller. Das hättet ihr nicht von eurem Freund erwartet, was? Heute Morgen benachrichtigte uns Sanders Schulleiter.«

Maarten und Chris konnten es nicht glauben. »Was hast du ausgeheckt? Hast du im Unterricht Kaugummi im Mund gehabt? Auf was für eine Schule gehst du denn?«

»Ja, ja, lacht ihr nur«, sagte Herr Koper. »Aber so witzig war es nicht. Habt ihr den Bericht von dem Jungen im Rollstuhl gelesen?«

Sander merkte, wie Maarten und Chris zusammenzuckten. »Was hast du damit zu tun?« Sie sahen Sander an.

»Laut Herrn Koekebier gehöre ich zu der Bande«, antwortete Sander so ruhig wie möglich. »Ein Junge von meiner Schule behauptete, er hätte mich weglaufen sehen.«

»Waas . . . ?« Die Jungen rissen den Mund auf.

»Ja«, fügte Sanders Vater hinzu. »Das hättet ihr nicht von eurem Freund gedacht, wie? Nun, Herr Koekebier schon. Der ging bereits davon aus, dass Sander von der Schule fliegen würde. Die Polizei sollte nur noch alles amtlich machen. Toller Direktor, was?«

Chris und Maarten wurden immer blasser im Gesicht. »Die Polizei? Hat der Typ dich angezeigt?«

Sander wollte seine Freunde beruhigen und erklären, dass alles gut ausgegangen war, aber dazu bekam er keine Gelegenheit. Sein Vater war nicht mehr zu stoppen.

»Ja, und ihr versteht, dass er direkt durchs Raster fiel. Und jetzt muss er in eine Anstalt für schwer erziehbare Jugendliche.«

»Wirklich?« Maarten und Chris standen da wie gelähmt.
»Schaut euch euren Freund noch einmal gut an. Ihr werdet lange auf ihn verzichten müssen. Doch mir dämmert da plötzlich was. René hat Sander erkannt, aber es waren noch ein paar andere Jungen dabei. Darum erschreckt ihr euch so. Das wart sicher ihr.« Herr Koper rieb sich die Hände. »Sie haben bestimmt eine Belohnung ausgesetzt. Nun, Tanja, dann können wir in diesem Sommer auf die Bahamas fliegen.«
Sander sah das Entsetzen in den Augen der Jungen. Das geht schief, dachte er. »Ich bin freigesprochen worden«, sagte er schnell. »Ich hatte ein Alibi. Ich war bei einem Mädchen aus meiner Klasse.«
»Nun ja... ein Mädchen aus deiner Klasse«, meinte sein Vater. »Nicht irgendein Mädchen, würde ich sagen. Schließlich durfte niemand von ihr wissen.«
»Ja, ja«, antwortete Sander. »Wir verschwinden jetzt mal. Kommt, lasst uns nach oben gehen.«
Sander schloss sorgfältig seine Zimmertür hinter ihnen, damit seine Eltern nichts hören konnten.
Chris und Maarten waren ganz aufgeregt. »Hat er uns auch erkannt?«, war das Erste, was sie wissen wollten.
»Ich glaube nicht«, meinte Sander. »Er hat nur von mir gesprochen. Aber mich kennt er natürlich auch.«
Maarten seufzte. »Ich hab mich zu Tode erschrocken.«
»Mein Herz...« Chris griff sich an die Brust. »Als dein Vater von uns anfing... Ich dachte wirklich, jetzt haben sie uns. Dass der Typ dich gesehen hat...«

»Und wir hatten keine Ahnung«, sagte Chris. »Wir saßen total gelangweilt in der Schule. Du warst bestimmt mit den Nerven völlig runter?«

»Was glaubst du wohl?«, sagte Sander. »Ich hab erst vor einer Stunde erfahren, dass Indra erzählt hat, ich sei bei ihr gewesen.« Wieder wurde ihm klar, was für ein Glück sie gehabt hatten.

»Warum hat sie das gesagt?«, fragte Chris. »Ist sie in dich verliebt oder so?«

»Na ja, die muss völlig blind vor Liebe sein«, fügte Maarten hinzu. »Sonst macht man so was nicht.«

Sander merkte, dass er rot anlief.

Chris begann zu lachen. »Ich seh schon, du bist auch verliebt.«

»Das tut jetzt nichts zur Sache«, entgegnete Sander. »So toll ist das alles nicht.«

Der Meinung waren die anderen beiden auch. »Man hat dich erkannt. Eine blöde Sache. Ich finde, dass Emil das erfahren muss«, sagte Maarten.

Sander zuckte mit den Schultern. Es war ihm egal, was Chris und Maarten fanden. Er wollte nichts mehr mit Emil zu tun haben. Es war genug passiert und er hatte nicht vor, noch einmal in seine Nähe zu kommen.

»Wenn ihr meint, dass er es erfahren muss, dann erzählt es ihm doch selbst. Sonst noch was? Ich muss nämlich jetzt weg.«

»Man könnte meinen, du bist noch sauer auf uns«, meinte Chris.

»Er hat eine Stinklaune wegen Freitag«, sagte Maarten. »Es lag nur daran, dass wir Freitag ein bisschen zu viel getrunken hatten. Jeder macht mal einen Fehler.«

»Einen Fehler?« Sander wurde wütend. »Weißt du, wie ich mich heute wegen dieses *Fehlers* gefühlt habe?«

»Schrei nicht so.« Maarten deutete auf die Tür.

Sander war sofort still. Maarten hatte recht. Seine Eltern waren unten.

»Emil wartet wahrscheinlich schon an unserem Treffpunkt auf uns. Wir wollten Billard spielen gehen.«

»Ich kann nicht«, sagte Sander. »Ich muss zu Indra. Aber ich würde sowieso nicht mitkommen.«

»Du bist vielleicht dickköpfig, was? So was Wichtiges muss Emil doch erfahren«, meinte Chris.

Sander dachte nach. Er hatte überhaupt keine Lust, Emil zu treffen, aber es stimmte, was seine Freunde sagten. Er konnte es ihm wenigstens erzählen. Emil würde nicht gerade erfreut sein, aber darauf konnte Sander keine Rücksicht nehmen. Er hoffte sogar, dass Emil einen Riesenschreck bekam. Dann würde er vielleicht beim nächsten Mal erst nachdenken, bevor er sich wieder volllaufen ließ.

Emil erschrak wirklich, als er erfuhr, dass man Sander erkannt hatte. »Und das stimmt tatsächlich?«

»Nein, meinst du, sie haben meine Eltern zum Spaß angerufen, oder was?«

»Und du bist sicher, dass der Typ nicht zur Polizei rennt?«, fragte Emil.

Sander nickte. »Außerdem kann er das ruhig tun. Nur steht

er dann dumm da, ich habe schließlich ein Alibi.« Sander fiel auf, wie angespannt Emil wirkte. Er warf seine Zigarette auf den Boden, trat sie aus und zündete sich sofort eine neue an. »Wo wohnt der Typ? Wir sollten nicht in die Nähe seines Hauses kommen. Er darf uns nicht sehen. Wo könnten wir ihm begegnen? Natürlich bei dir in der Schule und wo sonst noch?«

»In der Sporthalle«, sagte Sander. »Aber du kannst ihm im Prinzip überall begegnen. Er fuhr Freitag doch auch hier durch den Park.«

Emil spuckte auf den Boden. »Vorläufig dürfen wir uns nicht treffen. Was mischt der Typ sich da auch ein?«

»Ich glaube nicht, dass wir uns Sorgen machen müssen«, meinte Maarten. »Sander hat doch ein Alibi.«

Emil schüttelte verärgert den Kopf. »Ihr checkt aber auch gar nichts, Leute. Wenn das Mädel es sich anders überlegt, sind wir dran.« Er packte Sander fest am Arm. »Du verplapperst dich nicht, wenn die Polizei dich befragt. Du leugnest alles. Wir sind von dieser Tussie abhängig und das passt mir überhaupt nicht. Sie hat uns in der Hand, ist dir das klar? Vielleicht will sie dich erpressen.«

Das ging Sander entschieden zu weit. »Das ist lächerlich, so was würde sie nie tun.«

»Nein, im Moment vielleicht nicht«, erwiderte Emil. »Weil sie verliebt ist. Aber warte ab, was passiert, wenn das vorbei ist. Du hältst uns auf dem Laufenden. Bei der leisesten Vermutung, dass sie Schwierigkeiten machen könnte, müssen wir das sofort wissen.«

»Als ob ihr das verhindern könntet«, sagte Sander.
»Emil schon.« Maarten und Chris fingen an zu lachen.
»Dann werde ich mich mit ihr unterhalten müssen«, sagte Emil.
Sein aggressiver Ton gefiel Sander ganz und gar nicht. Für einen Moment durchfuhr ihn der Gedanke daran, wie Emil den Rollstuhl umgestoßen hatte. Er selbst hatte wie ein Trottel danebengestanden, aber das würde ihm nicht noch mal passieren.
»Deine Art von Gesprächen kenne ich«, antwortete Sander. »Du lässt deine Finger von Indra. Hast du das verstanden? Du hältst dich da raus. Wenn ich dich jemals in der Nähe der Starenstraße erwische, geh ich am selben Tag noch zur Polizei.«
»Reg dich ab!« Emil fing an zu lachen. »Du bist wohl ziemlich verliebt, was? Wir gehen Billard spielen, Jungs. Sonst kommt Sander noch mit irgendwelchem neuen Unsinn.«
»Das ist kein Unsinn. Ich meine, was ich sage.« Sander nahm sein Rad und fuhr davon. Er war jedoch nicht mehr so erleichtert wie noch vor einer halben Stunde. Es stimmte, was Emil sagte. Vielleicht hatte Indra es wirklich nur gesagt, weil sie verliebt war. Vielleicht würde sie es bald bedauern. Und dann käme doch noch die Polizei ins Spiel. Und die Beamten würden sicher nicht so schnell lockerlassen ...

»Indra ist oben«, sagte Frau Sandbergen, als sie Sander die Tür öffnete.
»Schläft sie?«, erkundigte sich Sander.

»Nein. Aber sie kam nicht gerade in bester Laune nach Hause. Irgendetwas Unangenehmes muss in der Schule vorgefallen sein. Sie ist direkt auf ihr Zimmer gegangen.«

Das war ja klar, dachte Sander. Es tut ihr jetzt schon leid, dass sie falsch ausgesagt hat. Er lief die Treppe hoch. Als er Indras Zimmertür öffnete, sah er gleich, dass sie geweint hatte. Sie hat Herrn Koekebier bestimmt gesagt, dass ich nicht bei ihr gewesen bin, dachte Sander. Und da ist er wütend geworden und hat ihr einen Schulverweis erteilt...

»Ist, äh... ist etwas?«, fragte er vorsichtig.

»Ja«, antwortete Indra. »Das kann man wohl sagen.«

Also doch. Sander setzte sich auf den Schreibtisch. Er fragte sich, ob Herr Koekebier schon seine Eltern verständigt hatte. »Warum hast du es überhaupt gesagt?«, fragte er.

»Ich hab nicht weiter darüber nachgedacht«, erklärte Indra. »Es ist mir so rausgerutscht.«

»Bist du schon bei Koekebier gewesen?«, erkundigte sich Sander.

»Nein«, sagte Indra.

Sander seufzte erleichtert auf. »Er glaubt also immer noch, dass ich bei dir war?«

Jetzt ging Indra ein Licht auf und sie musste lachen. »Wir sprechen über zwei ganz unterschiedliche Sachen.« Und sie berichtete Sander, was heute Mittag in der Pausenhalle passiert war und was sie René vorgeworfen hatte.

»Tut es dir leid, dass du für mich gelogen hast?«, wollte Sander wissen.

»Nein«, antwortete Indra. Und das stimmte. Es tat ihr nicht

leid, obgleich es ihr sehr schwergefallen war, Heike gegenüber zu lügen. Aber damit wollte sie Sander nicht belästigen.

Sander spürte nur allzu gut, dass es nicht einfach für Indra war. Er wusste auch nicht recht, wie es weitergehen sollte. Wäre er Emil erst einmal losgeworden, hätte er Indra die Wahrheit erzählen können. Aber das ging jetzt nicht mehr. Sie hatte seinetwegen gelogen, weil sie überzeugt gewesen war, dass René ihm eins auswischen wollte. Wenn sie nun erfuhr, dass René ihn doch gesehen hatte, würde sie alles richtigstellen wollen. Und dann würde alles herauskommen. Darum durfte er ihr niemals die Wahrheit erzählen, und das wiederum bedeutete, dass er nicht ihr Freund werden konnte. Die Lüge würde immer zwischen ihnen stehen.

»Wie dumm von mir, dass ich mich so hab hinreißen lassen. Ich hätte meinen Mund halten sollen. Aber René hat so gemeine Sachen über dich erzählt.«

»Ich hoffe nur, dass sich zwischen dir und Heike wieder alles einrenkt«, meinte Sander. »Sonst ist alles ganz allein meine Schuld.«

»Natürlich wird es sich wieder einrenken.« Indra versuchte, so locker wie möglich zu klingen. »Wir streiten uns häufiger und Heike ist nie lange sauer. Sie mag keinen Ärger und ich auch nicht. Nein, mach dir deshalb keine Sorgen. Sie kommt nachher bestimmt vorbei, wetten?« Indra hätte es beinahe selbst geglaubt. Aber tief in ihrem Innern wusste sie, dass der Streit sich nicht so einfach beilegen ließ. Heike würde sich in jedem Fall für ihren Bruder entscheiden. Und das war mehr als verständlich. Was hatte sie von einer Freundin, die sie anlog? Sie hatte einen Schwur geleistet, obwohl sie wusste, dass sie nicht die Wahrheit gesagt hatte. Wenn Heike sich bei ihr so etwas leisten würde, könnte sie ihr für immer gestohlen bleiben.

Sie fragte sich insgeheim, wie es zwischen ihr und Heike weitergehen sollte. Aber jetzt wollte sie nicht daran denken, denn sie war viel zu glücklich, dass Sander da war. Endlich konnte sie ihm sagen, was sie für ihn fühlte. Das würde sie tun, dann hatte sie heute Nachmittag wenigstens noch etwas Schönes getan. Sie setzte sich zu Sander aufs Bett und nahm seine Hand.

»Ich, äh ... ich finde es total lieb von dir, was du für mich getan hast«, sagte Sander. »Du hast mir enorm geholfen.«

»Ich weiß, wie es ist, wenn einem nicht geglaubt wird.« Indra blickte Sander ins Gesicht, in seine schönen dunklen Augen. Es musste jetzt passieren, bevor wieder jemand hereinkam. Sie beugte sich zu ihm vor.

Sie war wirklich süß. Sander wollte sie küssen, aber dann dachte er daran, dass sie nicht seine Freundin werden konnte, und er wandte sich ab.

Was hab ich getan?, fragte sich Indra. Er ist überhaupt nicht verliebt in mich. Ich hätte mich nicht so gehen lassen dürfen. Mit einem vor Scham hochroten Gesicht sprang sie auf.

»Ich, äh ... ich muss meine Hausaufgaben machen.«

Sander nickte. »Dann werd ich besser gehen. Und, äh ... nochmals vielen Dank.«

So glücklich er am Samstag nach Hause gefahren war, so betrübt war er heute. Die ganze Zeit sah er Indras enttäuschtes Gesicht vor sich. Was hätte er tun sollen? Sie küssen? Und dann? Dann würden sie jetzt miteinander gehen. Er wusste genau, dass er ihr irgendwann doch die Wahrheit sagen musste. Sander wollte lieber nicht daran denken, was dann passieren würde. Nein, es war schon besser so.

14 »Indra!«, rief ihre Mutter von unten. »Vergiss nicht, dass du zur Schule musst!«
»Ich komme sofort.« Indra legte ihren Füller zur Seite.
Sie schämte sich so sehr, dass sie Sander einen Brief schreiben musste. Es hatten eigentlich nur ein paar Sätze werden sollen, aber jetzt feilte sie daran schon seit einer Stunde. Auf ihrem Schreibtisch häufte sich ein Berg mit Papier. Aber nun war sie zufrieden mit dem Resultat.
Sie las den Brief zum letzten Mal durch.

Lieber Sander,

es tut mir leid, wie es gestern gelaufen ist. Und das nur, weil ich schon seit Langem in dich verliebt bin. Ich habe geglaubt, du würdest das Gleiche für mich empfinden. Ich weiß selbst, wie es ist, wenn jemand aufdringlich ist. René wollte mich auch küssen. Das fand ich sehr unangenehm. Ich muss versuchen dich zu vergessen. Deshalb möchte ich vorläufig keinen Kontakt mit dir haben. Vielleicht können wir irgendwann einmal wieder normal miteinander reden. Ich hoffe, du hast Verständnis dafür.

Viele Grüße.
Indra

Indra erschrak, als ihr Blick auf die Uhr fiel. Ihre Mutter hatte recht; wenn sie noch rechtzeitig da sein wollte, musste sie jetzt sofort gehen. Sie faltete den Brief zweimal zusammen und steckte ihn in ihre Hosentasche.

»Ist es wirklich vernünftig, das ganze Stück mit dem Fahrrad zu fahren?«, fragte ihre Mutter.

»Ich fühle mich ganz gut.« Indra nahm ihre Schultasche.

Es würde kein einfacher Tag werden, denn sie musste Sander den Brief geben und mit Heike sprechen. Das hatte sie gestern eigentlich schon tun wollen, aber sie hatte sich nicht getraut. Sie konnte ihrer Freundin gegenüber nicht einmal ehrlich sein. Dann würde sie ja zugeben müssen, dass sie gelogen hatte. Aber das konnte sie erst tun, wenn die Bande, die den Rollstuhl umgestoßen hatte, gefasst worden war. Dann konnte sie Sander nicht mehr schaden. Jetzt konnte sie nur sagen, dass es ihr leid tat, René so bloßgestellt zu haben. Das wollte Heike von ihr hören, deshalb hatten sie sich ja gestritten. Das Schlimmste, nämlich, dass sie sie angelogen hatte, ahnte Heike nicht einmal. Indra fühlte sich deswegen schuldig. Sie war doch immer so stolz darauf gewesen, dass sie einander hundertprozentig vertrauen konnten.

Ihr wurde ganz mulmig zumute, als die Hochhäuser vor ihr auftauchten. War sie schon so weit gefahren? Sie fürchtete sich ein bisschen davor, Sander zu treffen. Zum ersten Mal ahnte sie, wie schwer es René gefallen sein musste. Und der konnte nicht mal verlangen, dass sie sich von ihm fernhielt. Es war nicht sehr klug von ihm gewesen, sich in die Freundin der Schwester zu verlieben. Nun ja, sie hatte sich schlauer angestellt und sich in einen Klassenkameraden verknallt. Auch nicht gerade einfacher!

Indra blickte hoch. Sie war fast an der Schule angekommen und fühlte sich noch immer nicht müde. So einen guten Tag hatte sie schon lange nicht mehr gehabt. Hoffentlich blieb das so.

Als sie in die Straße zur Schule einbog, sah sie, wie Sander gerade durchs Schultor fuhr. Am besten gab sie ihm den Brief sofort, dann hatte sie es hinter sich. Als Indra den Zettel aus ihrer Hosentasche zog, zögerte sie. War es nicht blöd? Sie wollte sich nicht lächerlich machen. Aber dann dachte sie daran, dass das schon längst passiert war.

Mit dem Brief in der Hand fuhr sie auf den Schulhof. Sander machte es ihr wirklich einfach, denn am Fahrradkeller stieß sie fast mit ihm zusammen. Indra spürte, wie ihr Herz schneller schlug. »Hallo, ich hab was für dich.« Und ohne Sander anzublicken, drückte sie ihm den Brief in die Hand.

Als sie ihr Fahrrad abgestellt hatte, sah sie Heike an der Mauer stehen. Sie ging nicht zu ihr hinüber, da Dana und Susan bei ihr standen und sich nur wieder einmischen würden. Sie hatten Indra längst entdeckt und Dana stieß Heike an und fing plötzlich an, furchtbar laut zu lachen. Sie schien sich zu amüsieren und auch Susan brach nun in lautes Gelächter aus. Zum Glück störte Heike sich nicht daran. Indra sah sich um. Zu wem sollte sie gehen? Sie hatte das Gefühl, zum ersten Mal hier zu sein. Stell dich nicht so an, sagte sie zu sich selbst. Es ist auch deine Schule. Sie ging hinüber zu einer Gruppe Mädchen.

Sander stand mit dem Brief in der Hand vor dem Eingang zum Fahrradkeller. Immer wieder rempelten ihn andere Schüler an, aber das merkte er gar nicht, da er nur an den Brief denken konnte. Er kam sich vor wie ein Verräter. Vor allem wegen des einen Satzes: »Ich habe geglaubt, du würdest das Gleiche für mich empfinden . . .« Es konnte nicht sein, dass Indra sich schämte. Sie musste wissen, wie viel Überwindung es ihn gekostet hatte, einfach zu gehen. Nur gut, dass sie nicht gesehen hatte, wie betrübt er gestern Abend nach Hause gekommen war. Heute Morgen wäre er am liebsten überhaupt nicht aufgestanden. Das Leben schien ihm mit einem Mal so leer. Er hatte die ganze Zeit über an Indra denken müssen und plötzlich hatte er gar keine Hoffnung mehr.

»Da bist du ja!« Sander zuckte zusammen, als Tom ihm kräftig auf die Schulter klopfte. »Entschuldige, dass ich dir gestern nicht geglaubt habe.«

Auch Claas und Oliver kamen zu ihm. »Uns tut es auch leid. René hat sich so überzeugend angehört. Das ist natürlich keine Entschuldigung, aber, na ja . . .«

»Ist schon gut«, meinte Sander.

»Nein, das müssen wir wiedergutmachen«, sagte Tom. »Was hältst du von einem Artikel in der Schülerzeitung?«

»Na, na, ist das nicht ein bisschen übertrieben, Tom?«, meinte Claas. »Nur damit du wieder eine Seite füllen kannst.«

»Ja und?«, entgegnete Tom. »Aber das ist noch nicht alles. Ich will meinen Fehler wirklich wiedergutmachen und lade dich ins Kino ein.«

»Na klar doch.« Oliver brach in Gelächter aus. »Und dann darf Sander seine Kinokarte selbst bezahlen.«

»Nicht nur seine Karte«, spottete Claas. »Am besten auch noch die von Tom.«

Sander musste lachen. Er mochte ihre Frotzeleien.

»Was meckert ihr überhaupt?«, fragte Tom. »Es geht nicht um das Geld, sondern um die Idee.«

»Das find ich eigentlich auch«, pflichtete Claas ihm bei. »Ich hab auch eine Überraschung für Sander. Ich fahr mit ihm ein Wochenende ins Disneyland.«

»Ach ja«, sagte Tom trocken. »Seit wann bist du so reich?«

»Es geht nicht ums Geld«, erklärte Claas. »Es geht um die Idee.«

»Ich hab das mit dem Kino wirklich ernst gemeint«, verkündete Tom. »Ich muss nur noch ein bisschen sparen. Und Sander soll es Spaß machen.«

»Vergiss es lieber«, zog Oliver ihn auf. »Niemandem macht es Spaß, mit dir was zu unternehmen. Wir machen das auch nicht freiwillig. Aber du merkst es einfach nicht.«

»Ja«, sagte Oliver. »Sander, weißt du vielleicht, wie wir ihn loswerden können?«

»Wir können ihm eine Freundin suchen«, schlug Sander vor. »So eine, die an ihm klebt und das ganze Wochenende mit ihm auf dem Sofa sitzt.«

»Wir können natürlich auch eine Annonce in die Zeitung setzen.«

»Das nützt nichts«, sagte Claas. »Die Mädchen kennen ihn schon.«

»Wetten, dass es trotzdem klappt?«, meinte Sander. »Wir können eine Belohnung aussetzen.«

»Was haltet ihr von unserem Vorhaben?« Sie schlenderten zu einer Gruppe Mädchen herüber. Sander war froh, dass er sich mit seinen Freunden wieder versöhnt hatte. Er wollte ihnen folgen, doch als er sah, dass auch Indra bei den Mädchen stand, blieb er zurück. »Ich, äh . . . ich hab noch nicht für Deutsch gelernt.« Er nahm sein Heft aus der Tasche und gab vor zu lernen. Sander hörte, wie Tom die Gruppe um Heike fragte: »Warum kommt ihr nicht herüber?«

»Ja«, fügte Claas hinzu. »Seit wann habt ihr Geheimnisse vor uns?«

»Ihr könntet ja auch rüberkommen«, erwiderte Dana.

»Ja«, sagte Susan. »Klasse Idee, aber lasst Indra bitte da.«

»Oh nein.« Tom seufzte. »Habt ihr noch immer Ärger?«

»Wundert dich das?«, schnaubte Dana. »Wie würdest du es finden, wenn deine Freundin deinen Bruder vor allen Leuten runtermacht?«

»Jetzt reicht's«, mischte Heike sich ein.

Sander blickte Heike an. Die Gruppe Mädchen, die für sie Partei ergriffen hatte, war ziemlich groß. Er fühlte sich schuldig und dachte einen Moment daran, mit ihr zu reden. Aber dazu war es jetzt zu spät, denn es klingelte schon. Sander steckte sein Heft ein und sah Tom, Claas und Oliver zusammen mit den Mädchen lachend hineingehen. Ein ganzes Stück hinter ihnen ging Indra, ganz allein.

Während der Stunde probierte Indra immer wieder, Heike anzusprechen, aber die wandte sich demonstrativ ab. Herr Kamerman bekam sicherlich mit, dass sie Streit hatten. Sonst musste er sie ständig ermahnen, mit dem Quatschen aufzuhören, aber heute Morgen war das kein einziges Mal nötig gewesen.

Alle waren sich sicher, dass Herr Kamerman den Test vergessen hatte, aber als die Hälfte der Stunde vorbei war, teilte er die Arbeitsblätter aus.

»Ich hab nicht gelernt«, hörte Indra Heike zu Dana sagen.

»Du kannst bei mir gucken«, flüsterte sie und schrieb extra deutlich, damit Heike es gut lesen konnte. Aber Heike schien sie nicht zu hören. Indra sagte nichts, denn Heike war gut in Deutsch. Doch als sie in der nächsten Stunde in Biologie aufgerufen wurde, begann Indra sich Sorgen zu machen. Heike stand auf Vier minus. Wenn sie sich nicht verbesserte, blieb sie noch sitzen.

Es fing schon gut an: Gleich auf die erste Frage wusste Heike keine Antwort.

»Osmose . . .«, flüsterte Indra. Los, mach schon, sag es, dachte sie. Sie wusste genau, dass es stimmte.

»Nun?«, hakte Herr de Wit nach.

»Ich weiß es nicht«, antwortete Heike.

Indra gab nicht auf. Auch die Antwort auf die zweite und dritte Frage sagte sie vor, aber Heike tat, als würde sie es nicht hören. Indra verstand nicht, warum sie so stur war. Jetzt bekam sie eine Fünf. Wenn sie doch den Streit noch gestern Abend beigelegt hätten!

Indra war froh, als es klingelte. Jetzt konnte sie sich mit Heike aussprechen, aber die stand auf und verließ sofort die Klasse. Es war mehr als deutlich, dass sie keine Sekunde länger als unbedingt nötig in Indras Nähe bleiben wollte.
Indra lief hinter ihrer Freundin her. »Heike, warte.«
Heike reagierte nicht, aber damit hatte Indra gerechnet.
»Ich möchte dir sagen, dass es mir leidtut«, sagte Indra. »Es war wirklich nicht meine Absicht, René lächerlich zu machen.«
»Aber du hast es trotzdem getan«, erwiderte Heike.
»René hat mich provoziert«, entgegnete Indra. »Er fing an, Sander zu beschuldigen, und stellte ihn als Kriminellen hin und da konnte ich nicht länger meinen Mund halten.«
»Warum musstest du unbedingt für Sander Partei ergreifen?«, fragte Heike. »Nur weil du jetzt in ihn verliebt bist? Und dafür lässt du meinen Bruder – den du schon seit Ewigkeiten kennst – abblitzen?«
»Tut mir leid.« Indra griff nach Heikes Hand. »Sag mir, was ich tun muss, um alles wieder gutzumachen?«
Heike riss sich los. »Wieder gutmachen? Das kannst du nie wieder gutmachen.« Sie drehte sich um und lief weg.
Indra blickte Heike nach. Sie konnte es nicht fassen. War es ihr wirklich ernst? Wie konnte sie das nur tun? Sie waren doch schon so lange befreundet.
»Heike . . .!«, rief sie und rannte hinter ihrer Freundin her.
»Lass mich in Ruhe!«, schrie Heike sie an.
Als Indra den eiskalten Blick sah, wusste sie, dass sie ihre Freundin verloren hatte.

»Musst du nicht zu deinem Schatzi?«, erkundigte sich Susan bei Sander, als er in die Pausenhalle kam. »Sie ist gerade heulend davongelaufen.«

»Und du kannst gern mit Heike tauschen«, fügte Dana hinzu. »Sie will nicht mehr neben Indra sitzen.«

»Das kann ich wohl selbst bestimmen«, sagte Heike.

»Wirklich?«, fragte Sander, »warum willst du dich umsetzen? Morgen habt ihr euch wieder vertragen und dann...«

»Was soll das denn heißen: Morgen habt ihr euch wieder vertragen«, fuhr Heike ihn an. »Wir vertragen uns nicht wieder! Das weiß Indra genau.«

Sander musste unwillkürlich an das Wochenende zurückdenken, als er gewusst hatte, dass er Maarten und Chris verloren hatte. Wie einsam er gewesen war! Wahrscheinlich fühlte Indra sich jetzt genauso. Zumal er ihr eine Abfuhr erteilt hatte. Und dann noch das Pfeiffer'sche Drüsenfieber. Das konnte man nicht allein bewältigen. Wenn sie nun etwas Unüberlegtes tat? Das würde er sich nie verzeihen.

Er zögerte keine Sekunde länger und rannte aus dem Schulgebäude. Wo war sie? Seine Augen suchten den Schulhof ab, aber er konnte Indra nicht entdecken. Blitzschnell war er am Schultor, doch außer einem Mann mit Hund war niemand auf der Straße zu sehen.

Er musste sie finden. Sander rannte in den Fahrradkeller. Er wollte sein Fahrrad aufschließen, doch da fiel ihm sein Schlüssel aus der Hand. Nicht weit von ihm, an der Wand, stand Indra und weinte.

Mit ein paar Schritten war er bei ihr. »Das will ich nicht, ich will nicht, dass du traurig bist.« Er legte seine Arme um sie. »Ich bin . . . ich bin auch in dich verliebt . . .« Für einen Augenblick sahen sie sich an und dann küssten sie sich.

»Nein«, sagte Indra plötzlich erschrocken. »Ich darf dich nicht küssen, dann kriegst du Pfeiffer'sches Drüsenfieber.«

»Sicher nicht. Ich hab es doch schon gehabt, erinnerst du dich? Man kann sich nicht ein zweites Mal anstecken«, lachte Sander und flüsterte ihr ins Ohr: »I love you . . .«

Indra sah Sander an. »Und gestern? Gestern hab ich gedacht . . .«

»Pssssst . . .« Sander legte seinen Finger auf Indras Lippen. »Du darfst nie wieder an gestern denken. Versprichst du mir das? Bitte.«

»Ich verspreche es.« Und Indra zog Sander nah zu sich.

Es ist wahr, dachte Sander, als sie wieder im Unterricht saßen, ich hab Indra tatsächlich geküsst. Es war einfach so passiert und es war ein schönes Gefühl, trotzdem . . .

Sander wusste genau, warum er so hin- und hergerissen war. Wenn er ihr nur die Wahrheit erzählen könnte! Vielleicht später, wenn sie nicht mehr in der Schule waren. Sander versuchte, die Rechenaufgabe zu lösen, als plötzlich ein Papierkügelchen auf seinem Tisch landete. Als er es öffnete, wurde er feuerrot. »Willst du mit mir gehen?«, stand da.

Natürlich wollte er mit Indra gehen, er würde sie nie mehr gehen lassen. Das konnte er einfach nicht; das wusste er ganz genau. Aber er wollte auch nicht, dass etwas zwischen ihnen stand. Plötzlich fiel ihm etwas ein. »Ich möchte mit dir gehen«, schrieb er, »aber es gibt etwas, das du wissen musst. Leider kann ich es dir jetzt nicht erzählen. Aber später einmal, das verspreche ich dir. Ist das okay?« Sander faltete den Zettel zusammen und gab ihn weiter. Wenn Indra zustimmte, konnte sie ihm niemals vorwerfen, er habe sie betrogen.

Indras Herz begann schneller zu schlagen, als sie den Zettel las. Er wollte mit ihr gehen . . . Das war das Erste, was ihr durch den Kopf schoss. Erst dann las sie Sanders Frage. Was konnte das bloß sein?, fragte sie sich. Aber etwas anderes beschäftigte sie noch mehr. Sander sprach von später . . . Indra konnte ihr Glück gar nicht fassen. Sie nahm ihren Füller und schrieb ihm ihre Antwort.

»Das ist okay«, las Sander kurz darauf. Und erst jetzt fühlte er sich richtig glücklich.

15 Sander hatte nicht gewusst, dass man so verliebt sein konnte. Er hatte geglaubt, so etwas gäbe es nur im Film. In der Schule hatten sie *Romeo und Julia* gesehen. Er führte sich mindestens genauso schlimm auf. Er konnte nur noch an Indra denken. Bei jeder Gelegenheit. Sie ging ihm keine Sekunde aus dem Kopf, den ganzen Tag nicht. Und nichts half.

Auch nicht die Fahrradtour heute Nachmittag. Plötzlich war er in Indras Straße gewesen. Natürlich war das kein Zufall. Er hatte sogar daran gedacht, die Luft aus seinem Reifen zu lassen, damit er einen Vorwand hatte, um bei ihr vorbeizuschauen. Allein der Gedanke, dass er auf so verrückte Ideen kam ... Als hätte er sie monatelang nicht gesehen, dabei waren sie gestern Abend noch zusammen im Kino gewesen. Vielleicht lag es daran.

Es war wirklich aufregend gewesen. Ab und zu hatten sie sich angeschaut und plötzlich war es passiert, mitten im Film. Im Fahrradkeller hatten sie sich zum ersten Mal geküsst, und das war schon so schön gewesen. Aber gestern ... Sander hatte keine Ahnung, wie lange es gedauert hatte. Er konnte gar nicht mehr klar denken und stand wie in Flammen, wenn er nur daran dachte. Und das war keines seiner Hirngespinste. Es war wirklich passiert und Indra war auch in ihn verliebt. Wowww ...

Er stellte seinen CD-Player auf volle Lautstärke. Am liebsten hätte er das Fenster aufgerissen und allen zugerufen, wie glücklich er war. Bei dem langsamen Lied stellte er die Lautstärke herunter. Das war jetzt einfach zu romantisch. Nachher würde er noch direkt zu Indra laufen. Er würde gern mit Kreide auf den Bürgersteig schreiben: INDRA, I LOVE YOU!

Dass er so was dachte, er, Sander Koper, wo er doch sonst immer so realistisch war. Er musste über sich selbst lachen. Wenn er nicht aufpasste, landete er noch in einer psychiatrischen Anstalt, aber dann nur zusammen mit Indra. Die machte nämlich auch einen ziemlich glücklichen Eindruck, das hatte er deutlich gemerkt. Auf dem Weg zum Kino hatte er für einen Moment geglaubt, dass es schiefgehen könnte, denn sie waren Heike und Dana begegnet. Indra hatte gegrüßt, doch Heike hatte sie völlig ignoriert.

Indra hatte kein Wort dazu gesagt, aber er hatte gespürt, dass es ihr einen Stich versetzt hatte. Aber na ja, ein Blick von ihm ... und alles war wieder gut. Wie arrogant! Er sollte lieber damit aufhören und zur Strafe fünf Minuten nicht an sie denken. Himmel, nein, das schaffte er auf keinen Fall. Vielleicht, wenn er bewusstlos wäre, aber auch da war er sich nicht sicher.

Sander legte gerade eine neue CD ein, als er Maartens und Chris' Stimmen auf der Treppe hörte. Emil schien nicht bei ihnen zu sein, den wollte er ganz sicher nicht sehen. Sander öffnete die Tür und sah nach unten. Sie waren zu zweit.

»Ich weiß schon, was ihr wollt. Euer Anführer hat euch geschickt. Er will wissen, ob die Falschaussage noch steht. Nun, ihr könnt ihn beruhigen. Es läuft gut zwischen uns. Also...« Sander deutete auf die Haustür. »Ihr könnt wieder gehen.«

»Du bist doch paranoid«, sagte Maarten. »Emil hat uns nicht geschickt. Wir wollten dich fragen, ob du Lust hast, mit uns ein Video anzusehen.«

»Nein, herzlichen Dank«, antwortete Sander. »Ich hab keinen Bock auf euren tollen Freund. Ich bleib lieber zu Hause.«

»Emil kommt überhaupt nicht«, meinte Chris. »Nur wir drei. Oder willst du das nicht mehr?«

»Ich hab nicht gedacht, dass *ihr* das überhaupt noch wollt«, sagte Sander.

»Sei nicht albern«, entgegnete Chris.

»Ach, jetzt bin ich plötzlich albern. Das stimmt, die letzte Zeit wart ihr echt toll. Wahre Freunde. Warum fahren wir nicht zusammen in Urlaub?«

»Jeder hat mal Ärger«, sagte Maarten.

Sander fand, dass Maarten es sich sehr einfach machte. »Ärger ist wohl was anderes. Ihr habt mich eiskalt fallen lassen!«

»Du uns auch!«, erwiderte Chris. »Es ist einfach dumm gelaufen.«

»Ja, das kannst du wohl sagen«, sagte Sander.

»Kommst du mit oder nicht?«, fragte Chris.

Sander wusste nicht so recht, was er tun sollte. Eigentlich hatte er von Maarten und Chris die Nase voll, aber wenn er noch jemals etwas mit ihnen zu tun haben wollte, sollte er es noch einmal probieren.

»Okay.« Sander nahm sein Portemonnaie und ging mit nach unten.

Sie gingen ins Wohnzimmer, um sich zu verabschieden.

»Wem gehört das?« Chris nahm das Handy in die Hand, das auf dem Tisch lag.

»Tolles Teil, was?«, meinte Sander.

Chris untersuchte es. »Geht so.«

»Ja, ich hab es für Sander gekauft«, erklärte Sanders Vater, der gerade aus der Küche kam. »Man liest im Moment so schreckliche Dinge. Wenn Sander irgendwo ist und ihm passiert etwas, kann er uns wenigstens anrufen.«

Sander zog seine Jacke an. »Also, ich geh jetzt.«

»Nimm das Handy mit«, sagte sein Vater.

»Für das kurze Stück? Wir gehen in die Vogelstraße zu Maarten.«

»Das ist egal.«

Sander musste lachen. »Du bist wohl ziemlich besorgt um mich, wie?« Er steckte das Handy in seine Jackentasche.

»Viel Spaß.« Herr Koper setzte sich in seinen bequemen Fernsehstuhl. »So, mich bekommt ihr hier heute Abend nicht mehr weg.«

Sander konnte sich ein Grinsen nicht verkneifen. Sein Vater war manchmal ein ganz schöner Faulpelz. Wenn er erst einmal saß, musste schon viel passieren, damit er wieder aufstand. Auf einmal hatte er Lust, ihm einen Streich zu spielen. Als sie im Flur waren, holte er sein Handy raus und wählte seine eigene Nummer. Sie konnten hören, wie das Telefon im Wohnzimmer klingelte, und durch den Türspalt

konnten sie beobachten, dass Herr Koper aufstand. »Gerade, wenn ich es mir bequem gemacht habe.« Er nahm den Hörer ab.
Sander hielt das Handy dicht an sein Ohr. »Koper«, hörte er. »Du kannst dich wieder hinsetzen«, sagte Sander ins Telefon, öffnete die Wohnzimmertür und winkte seinem Vater zu. »Warte nur«, drohte der lachend. »Das zahl ich dir heim.« Grinsend verließen die Jungen das Haus.

Zuerst hatte Sander sich ziemlich fremd gefühlt, aber nach einiger Zeit war es zwischen ihm und seinen Freunden wie immer, obwohl eigentlich nichts mehr so war wie früher. Seine Freunde hatten sich verändert, genau wie er. Sie lachten über andere Witze, obgleich Maarten sich bemühte, nett zu sein, und sogar sagte, er würde Indra gern einmal kennenlernen. Doch Sander war sich nicht sicher, ob er ihnen Indra überhaupt vorstellen wollte. Er wusste schon jetzt, dass er sich dann wegen ihrer blöden Bemerkungen zu Tode schämen würde. Vor allem, wenn es dabei um Mädchen ging.
Sander trank einen Schluck von seiner Cola. Sie hatten sich gemeinsam ein Video ausgesucht und Maarten und Chris fanden den Film urkomisch, nur Sander langweilte sich. Das machte ihm nichts aus, so konnte er in Ruhe nachdenken. Er fragte sich, was Indra wohl gerade machte, und hoffte, dass sie nicht wieder Fieber hatte, wie letztes Wochenende. Bei dieser Krankheit musste man mit allem rechnen. Nein, Indra war nicht krank, dachte er. Es geht ihr bestimmt gut. Viel-

leicht hatte sie sich mit Heike schon wieder vertragen und die beiden waren zusammen in der Sporthalle? Mit so vielen Jungs . . .? Sander verschluckte sich fast an seinen Chips.
»Wie findest du den Film?«, wollte Chris wissen.
»Schrecklich!«, antwortete Sander, der in Gedanken noch in der Sporthalle war.
Maarten und Chris schauten sich an, als hätte er sie nicht mehr alle.
»Schrecklich gut!«, sagte er schnell. Er musste wirklich aufhören, ständig an Indra zu denken. Er war jetzt nicht bei Indra, sondern saß mit Maarten und Chris vor dem Video. Sander versuchte sich voll und ganz auf den Film zu konzentrieren.

»Klasse.« Maarten schaltete den Videorekorder aus.
»Ich hab Hunger«, meinte Chris. »Sollen wir noch Pommes essen?«
»Prima Idee.« Sander stimmte ihm zu und gemeinsam gingen die drei los.
Unterwegs bekamen sie fast Streit, denn Maarten wollte unbedingt zu dem Imbiss, der etwas außerhalb lag, weil es dort die besten Pommes frites gab.
Sander musste zugeben, dass er noch nie so gute Pommes gegessen hatte. Als sie den Imbiss verließen, kamen ihnen zwei Jungen entgegen. Sander konnte sie im Dunkeln nicht so schnell erkennen, aber Chris und Maarten wussten sofort, wer das war. »He, da ist ja Emil.«
Sander stöhnte innerlich auf und nahm sich fest vor, kein

Wort zu Emil zu sagen. Den Jungen neben Emil kannte er nicht, aber er schien genauso ätzend zu sein. Er sprach laut und roch nach Alkohol.

»Mal probieren?« Emil holte eine weiße Flasche aus seiner Jackentasche. »Das Zeug ist echt stark.«

Maarten und Chris tranken abwechselnd ein paar Schlucke. Sander lehnte ab. Ein Bier trank er schon mal, aber dieses süße Zeug mochte er überhaupt nicht. Und ganz bestimmt nicht, wenn Emil dabei war. Maarten und Chris war das egal und Emil und seinem Freund sowieso. In kurzer Zeit war die Flasche leer. Die vier hatten eindeutig genug gehabt und laut rülpsend zündeten sie sich Zigaretten an.

»Sollen wir in die Disco?«, fragte Emil.

Maarten und Chris waren ganz begeistert von seinem Vorschlag, aber Sander dachte nicht im Traum daran, mitzukommen. »Ich geh nach Hause.«

»Wir vier machen uns einen netten Abend.« Emil legte den Arm um seine Freunde und sie zogen ab.

Sander hatte zwar denselben Weg durch die Unterführung, aber er wollte nicht mit ihnen zusammen gehen.

»Kommst du nicht mit?«, erkundigte sich Maarten.

»Ich hab's euch doch schon gesagt«, antwortete Sander. »Ich will nichts mehr mit Emil zu tun haben.«

»Du musst doch auch in die Richtung«, sagte Chris. »Dann kannst du auch mitkommen.«

»Nein, danke«, sagte Sander.

»Stell dich nicht so an«, meinte Chris. »Willst du hier etwa warten, bis wir weg sind?«

»Geht ihr ruhig mit euren Freunden vor«, bekräftigte Sander. »Ich steh hier prima.«
»Dann nicht.« Maarten und Chris folgten den anderen.
Sander blickte den vieren hinterher, die nun nebeneinander durch die Unterführung gingen. Eigentlich hatte Sander vorgehabt zu warten, bis sie verschwunden waren, doch jetzt sah er, wie von der anderen Seite der Unterführung ein Junge angeradelt kam. Als der Junge näher kam, konnte Sander sein Klingeln hören. Doch anstatt zur Seite zu gehen, gingen Emil und seine Freunde einfach weiter. Der Junge klingelte noch mal und war jetzt so nah herangekommen, dass er absteigen musste.
»Was willst du?«, fuhr Emil ihn an.
»Das ist doch wohl deutlich«, antwortete der Junge. »Ich will vorbei.«
»Hier, das ist deutlich.« Sander konnte sehen, wie Emil ihm mit der flachen Hand ins Gesicht schlug. Er wollte seinen Augen nicht trauen. Was passierte denn da?
»Na, danke«, sagte der Junge, doch er wurde sofort für seine Worte bestraft. Emils Freund versetzte ihm nun einen Schlag vor den Kopf, und zwar so kräftig, dass er mit dem Fahrrad zu Boden stürzte.
Sander eilte herbei. »Hört sofort auf!« Angewidert musste er mit ansehen, wie Emil auf das Fahrrad sprang und dem Jungen in den Magen trat. Und als wäre das noch nicht genug, kickte der andere Junge ihn gegen den Kopf.
»Aufhören!« Sander packte Emils Arm, doch der riss sich los und trat auf den Jungen ein. Sander sah, dass Blut floss.

»Aufhören!«, schrie er nochmals und voller Panik sah er auf den Jungen, der unter seinem Rad lag. Diese Verrückten prügelten ihn noch tot! Sander zögerte keine Sekunde, holte das Handy aus seiner Tasche und wählte den Notruf der Polizei. »Schnell«, rief er in das Handy. »Bei der Unterführung Kaiser-Karl-Weg wird ein Junge zusammengeschlagen.«

»Was tust du da, du Idiot!« Emils Freund kam auf Sander zu, riss ihm das Handy aus der Hand und schmiss es gegen die Wand, sodass die Teile durch die Gegend flogen.

Jetzt erst merkte Emil, was Sander getan hatte. »Du fieser Verräter!« Er packte Sander fest an der Schulter und drückte ihn gegen die Wand.

Sander sah den aggressiven Blick in Emils Augen und bekam eine Heidenangst. »Er soll aufhören«, schrie er Maarten und Chris zu, doch die wandten sich einfach ab.

»Was bist du für ein Idiot!«, brüllte Emil ihn an.

Sie hörten es gleichzeitig. In der Ferne erklang plötzlich eine Sirene und vor Schreck ließ Emil Sander los. »Da kommen die Bullen, bloß weg, Leute!« Sie rannten davon.

Sander stand unter Schock und rannte blind in die entgegengesetzte Richtung, er wollte nur weg von Emil und seinem gemeingefährlichen Freund.

Erst als er das Einkaufszentrum erreichte, wagte er, sich umzusehen. Er konnte niemanden entdecken. Auf dem Weg nach Hause sah er sich immer wieder um. Niemand folgte ihm. Keuchend erreichte er seine Straße, doch als er um die letzte Ecke bog, musste er sich vor Schreck an einem Later-

nenpfahl festhalten. Da standen Emil und sein Freund. »Fieser Verräter! Wir schlagen dir den Schädel ein!«
Sander drehte sich blitzschnell um und sprintete los. Sie durften ihn auf keinen Fall erwischen! Das Herz schlug ihm bis zum Hals, als er die Straße überquerte und sich panisch umblickte. Er konnte sie nicht abschütteln, sie kamen immer näher. Sander rannte um die Ecke. Er wusste sich nur den einen Rat und sprang über das Tor zum Industriegelände und versteckte sich hinter einer Baubude. Im Licht der Straßenlaterne konnte er Emil sehen. »Er muss hier irgendwo sein«, hörte er ihn nun sagen.
Sander konnte nur mit Mühe einen Schrei unterdrücken, als Emil über das Tor kletterte. Wieso war er nicht in dem Wohngebiet geblieben? Wenn sie ihn hier fanden ... Lauf, dachte Sander. Er schoss hinter der Baubude hervor.
»Da läuft er!«, rief Emil.
Sander lief weiter, bis er ein Tor erreichte. Er wollte hinüberklettern, da entdeckte er ein Loch im Zaun und zwängte sich hindurch. Er rannte über einen Acker. Emil und sein Freund waren einfach schneller als er. Jedes Mal, wenn Sander sich umsah, war der Abstand wieder kleiner geworden. In der Ferne sah er einen Zug ankommen. Vielleicht war das seine Chance?
Er lief, so schnell er konnte, zu den Bahngleisen. Normalerweise hätte Sander sich nie getraut, aber jetzt hatte er keine andere Wahl. Er schloss die Augen, sprang über die Bahngleise und ließ sich ins Gras fallen. Er hätte keine Minute langsamer sein dürfen, denn der Zug raste dicht hinter ihm

vorbei. Jetzt erst wurde Sander klar, was für ein Risiko er eingegangen war.

Aber er hatte es geschafft, er hatte seinen Vorsprung ausgebaut, denn Emil und sein Freund mussten warten, bis der Zug vorbeigefahren war. Sander stürmte Richtung Wald. Er hörte noch das Rauschen des Zuges, als er in die Büsche sprang. Sander lauschte, aber alles blieb still.

Erst als der Zug schon lange weg war, traute er sich aufzusehen. Anscheinend hatte er sie abgehängt. Am ganzen Körper zitternd, kroch er hinter den Büschen hervor. Was sollte er jetzt tun? Warum war er auch so blöd gewesen und war davongelaufen? Er hätte einfach auf die Polizei warten sollen; dann wäre er in Sicherheit gewesen. Emil und sein Freund konnten ihm überall auflauern.

So stand Sander im Stockdunkeln an den Bahngleisen und traute sich nicht nach Hause.

16 Sander musste etwas tun, schließlich konnte er nicht die ganze Nacht hierbleiben. Er musste fort von hier, aber wohin sollte er gehen? Wenn es nur jemanden gab, der ihm helfen könnte! Am besten jemand, der ganz in der Nähe wohnte. Sander dachte nach. Abgesehen von Tom kannte er niemanden in der Gegend der Bahnlinie. Er wusste nicht, ob es gut war, bei Tom anzuklopfen. Er würde ihm dann alles beichten müssen. Tom würde fuchsteufelswild werden, wenn er erfuhr, dass Sander mit der Bande, die den Rollstuhl umgestoßen hatte, unter einer Decke steckte. Er musste an den Montagmorgen in der Schule denken, als René ihn beschuldigt hatte. Tom war so wütend geworden, dass er nicht mal mehr neben ihm hatte sitzen wollen. Nein, es war nicht gut, zu Tom zu gehen. Das Gleiche galt für Claas und Oliver.

Eigentlich gab es nur eine, die ihn verstehen würde und von Anfang an hinter ihm gestanden hatte. Das war Indra. Er durfte natürlich nicht erwarten, dass sie begeistert sein würde, die Wahrheit zu erfahren. Höchstwahrscheinlich würde sie böse sein, aber sie würde ihn verstehen. Sie würde ihm ganz bestimmt helfen. Sander sah Indras liebes Gesicht vor sich und dachte an den Kuss im Kino. Das nahm ihm die letzten Zweifel. Bei Indra war er sicher, da konnte Emil ihm nichts tun. Aber zuerst musste er zu ihr. Er würde bestimmt eine Viertelstunde bis zur Starenstraße brauchen, und das auch nur, wenn er sich beeilte. Wo sollte er sonst hin? Er hatte keine Wahl. Sander blickte um sich. Die Luft war rein und er lief los.

Er marschierte an der Bahnlinie entlang, doch blieb er mit einem Mal erschrocken stehen. Er hörte etwas. Er starrte in die Dunkelheit und entdeckte eine Dose, die an den Schienen scheppterte. Er atmete erleichtert auf und ging weiter. Was für ein Tag! Er hatte noch nie zuvor so viel Angst gehabt. Er konnte das Gefühl, verfolgt zu werden, nicht abschütteln, aber jedes Mal, wenn er sich umdrehte, konnte er niemanden entdecken.

Endlich hatte er die Wiese erreicht, jetzt konnte er schneller laufen. Hinter der Wiese war die Siedlung, in der Indra wohnte. Sander fing an zu rennen. Keuchend erreichte er die schmale Straße. Sein Misstrauen wuchs, denn hier hatte er keinen Überblick und jeden Moment konnte Emil hinter einem der parkenden Autos hervorspringen.

Sander sprach sich selbst Mut zu. Die nächste Seitenstraße war die Starenstraße. Er guckte sich noch einmal um. Ihm blieb fast das Herz stehen. Weiter hinten kam jemand um die Ecke. Als er genauer hinsah, erkannte er, dass es mehrere Personen waren. Er wusste nicht, ob sie etwas von ihm wollten, aber er fing an zu rennen. Schnell und immer schneller. Sander sprintete zu Indras Haus. Alles war dunkel, aber das war um diese Zeit auch kein Wunder.

Er nahm ein Steinchen und warf es gegen Indras Fenster. Ängstlich sah er sich um. Jetzt konnte er die Verfolger deutlich erkennen, es waren zwei Jungen und sie hatten schon fast die Ecke erreicht.

Indra, bitte . . . Sander blickte zum Fenster hinauf, aber es rührte sich nichts. Er suchte einen größeren Stein und warf ihn gegen das Fenster. Indra, beeil dich . . . Und dann endlich wurde die Gardine zur Seite geschoben. Er blickte in Indras überraschtes Gesicht. Sie machte ihm ein Zeichen, er solle hinter das Haus gehen.
Voller Panik drehte Sander sich um. Sie sind es, durchfuhr es ihn. Er schoss in den Gang an der Hausseite und wollte schon über das Gartentor springen. Schnell!, dachte Sander. Da ging das Gartentor auf.
Ich bin in Sicherheit, durchfuhr es Sander, als er das Gartentor hinter sich schloss. Hier können sie mich nicht finden. Wenn ich Indra alles erzählt habe, rufe ich meine Eltern an und bitte meinen Vater, mich abzuholen. Und morgen werde ich Emil anzeigen.
»Pssst . . .« Indra legte ihren Finger auf die Lippen und schlich vor ihm die Treppe hinauf.
»Was ist passiert?«, fragte sie leise.
»Du musst mir helfen«, flüsterte Sander. »Ich werde verfolgt.«
Indra verstand nicht, wovon er sprach. »Wer verfolgt dich?«
»Emil und sein Freund.« Sander versuchte, leise zu sprechen. »Ich hab die Polizei informiert. Sie haben einen Jungen zusammengeschlagen. Sie haben ihn immer wieder getreten, auch als er schon aus einer Wunde am Kopf blutete.« Sander sah das Bild wieder vor sich und sprach in seiner Aufregung immer lauter.
»Leise.« Indra nahm sein Hand. »Es ist doch gut, dass du die Polizei gerufen hast. Wie mutig von dir.«

»So mutig bin ich auch wieder nicht«, sagte Sander. »Beim letzten Mal hab ich mich so erschrocken, dass ich nichts unternommen habe.«

»Beim letzten Mal?«, fragte Indra.

Sander nickte. »Als Emil den Rollstuhl umgestoßen hat.«

Sander sah, wie Indra blass wurde.

Sie konnte kein Wort herausbringen, so geschockt war sie. Dann fragte sie ungläubig: »Du bist dabei gewesen?«

Sander nickte. »Aber ich hab nichts damit zu tun«, flüsterte er. »Ich hatte keine Ahnung, was für ein Schuft Emil ist! Er ist ein Freund von Maarten und Chris. Ich kannte ihn überhaupt nicht und plötzlich ist das mit dem Rollstuhl passiert.«

Indra hörte Sander gar nicht zu. »Du bist dabei gewesen?« Sie konnte sich nur schwer beherrschen. »Ich habe dir vertraut und sogar meine Freundschaft zu Heike für dich aufs Spiel gesetzt. Ich habe René beschuldigt . . .« Sie blickte Sander an. »Wie konntest du . . . wie konntest du nur so etwas tun?«

»Ich bin unschuldig«, versuchte Sander zu erklären. »Ich hab den Jungen nicht angerührt. Ich würde so etwas nie tun, aber . . .«

»Verschwinde!«, zischte Indra.

»Hör mir zu . . .«, bat Sander.

Aber Indra wollte seine Erklärung nicht hören, sondern schaute ihn voller Abscheu an. Heike hatte noch zu ihr gesagt: »Was für ein Glück, dass du ihn nicht geküsst hast.« Aber sie hatte nicht auf Heike hören wollen. Bei dem Gedanken wurde ihr ganz übel.

»Verschwinde ...«, zischte sie nochmals. »Sonst rufe ich meinen Vater.«

Das kannst du nicht machen, dachte Sander. Du kannst mich nicht wegschicken. Sie warten da draußen auf mich. Du kannst doch nicht wollen, dass sie mich zusammenschlagen? Aber Indra war es ernst. Sie drehte sich um und lief entschlossen die Treppe hinab.

»Warte«, sagte Sander, als Indra ihm die Tür öffnete. »Darf ich schnell meinen Vater anrufen?«

Du darfst überhaupt nichts mehr, dachte Indra. Wenn du unbedingt anrufen musst, such dir eine Telefonzelle. Ohne noch ein Wort zu sagen, schob sie Sander nach draußen.

»Du musst mir glauben, dass ich unschuldig bin«, brach es aus Sander heraus.

Auf halbem Weg zum Tor sah er sich noch einmal um. Sollte er noch einen Versuch unternehmen, sie zu überzeugen? Aber die Haustür war schon zu. Sander hatte sich noch niemals in seinem Leben so verloren gefühlt. Wie konnte Indra ihn wegschicken?

Hätte Sander auch nur einen Augenblick nachgedacht, wäre er im Garten der Familie Sandbergen geblieben. Notfalls hätte er sich im Schuppen verstecken können. Aber er war viel zu verzweifelt, um einen klaren Gedanken fassen zu können. Indra hatte ihn fallen lassen. In diesem Moment war ihm völlig egal, was passierte. Schlagt mich doch zusammen, dachte er. Es ist egal, ich kann nicht mehr. Und er öffnete das Tor.

Sobald Sander einen Schritt auf den Gehweg gesetzt hatte, wurde er von zwei Seiten in die Zange genommen. Sie waren so schnell neben ihm, dass er nicht mal mehr um Hilfe rufen konnte. Es musste Emils Hand sein, die sich auf seinen Mund presste. Sander verspürte einen harten Schlag in den Magen und krümmte sich vor Schmerz.
»Das soll dir eine Warnung sein«, zischte Emil leise. »Wenn du uns verpfeifst, wirst du nichts mehr ausplaudern können.«
Noch bevor Sander sich von den Schmerzen im Magen erholen konnte, packten zwei Hände seinen Kopf und schlugen ihn brutal gegen die Wand. Er sackte langsam zu Boden. Mein Kopf, dachte Sander. Dann spürte er nur noch Schmerzen.

Indra hatte keine Ahnung, was sich draußen abspielte. Sie fühlte sich betrogen, und während sie unruhig in ihrem Zimmer auf und ab ging, dachte sie an die Auseinandersetzung in der Pausenhalle. Sie fand es schrecklich, dass sie René Unrecht getan hatte, und auch Heike gegenüber fühlte sie sich schuldig. »Schwör es!«, hörte sie ihre Freundin sagen. Wieder und wieder sah sie vor sich, wie sie ihre zwei Finger hob. Erst jetzt, als ihr klar wurde, dass sie ihre Freundin betrogen hatte – und das nur für einen Jungen, der Mitglied einer Bande war –, nahmen ihre Schuldgefühle mit jeder Minute zu. Wie hatte sie so blind sein können? Sie wusste, woran das lag. Sie war in Sander verliebt. Aber das war jetzt vorbei. Während draußen die ersten Vögel ihr Morgen-

gezwitscher anstimmten, hätte Indra am liebsten geschrien: »Nie mehr werde ich mich verlieben! Nie mehr!«
Sie merkte, wie müde sie war, und legte sich aufs Bett. Während sie sich allmählich beruhigte, gingen ihr Teile des Gesprächs wieder durch den Kopf. Und ganz langsam wurde ihr bewusst, was Sander gesagt hatte. Dass es nicht seine Schuld war; dass Emil ein Freund von Maarten und Chris ist, den er überhaupt nicht kennt. Plötzlich wurde Indra klar, was sie getan hatte. Sie hatte Sander fortgeschickt. Und dabei war er zu ihr gekommen, weil er Hilfe gebraucht hatte, und sie hatte ihn einfach hinausgeworfen.
Auch wenn sein Verhalten falsch gewesen war, sie hätte ihm helfen müssen. Vielleicht wussten ihre Eltern Rat. Sie hatte die Türklinke schon in der Hand, als ihr einfiel, dass ihr Vater mit Migräne ins Bett gegangen war. Sie sollte ihn lieber schlafen lassen. Sie war dumm gewesen, aber gleich morgen wollte sie ihren Fehler wieder gutmachen. Sander war schon längst wohlbehalten zu Hause, er war nicht in Gefahr. Die Jungen standen mit Sicherheit nicht draußen und warteten auf ihn. Das hatte er nur geglaubt, weil er solche Angst gehabt hatte. Morgen würde sie weitersehen. Sie kroch zurück ins Bett und schloss die Augen.
Indra wurde durch aufgeregte Stimmen hinterm Haus geweckt. Es schien etwas passiert zu sein, aber das interessierte sie gar nicht. Sie dachte sofort an Sanders Besuch. Unten hörte sie die Stimmen ihrer Eltern. Sie ahnten nichts. Im Nachhinein war sie froh, dass sie sie nicht eingeweiht hatte, denn so hatte sie sich eine Menge Scherereien er-

spart. Sie kannte ihre Eltern nur zu gut; sie würden es ihr sehr übel nehmen, dass sie Herrn Koekebier angelogen hatte. Vielleicht lief ja noch alles einigermaßen glimpflich ab und sie würden nie davon erfahren. Indra nahm sich vor, heute Morgen zuerst mit Sander zu reden und ihm zu sagen, dass es ihr leidtat, dass sie ihn weggeschickt hatte. Er würde verstehen, dass sie erschrocken gewesen war. Es war doch auch seltsam: Sie lag im Bett und schlief und plötzlich flog ein Steinchen gegen ihr Fenster. Und als sie hinausschaute, stand Sander da und erzählte eine merkwürdige Geschichte. Und dann musste sie sich auch noch eingestehen, dass sie noch immer in ihn verliebt war.

Draußen schien ganz schön was los zu sein. Indra ging ins Schlafzimmer ihrer Eltern und sah aus dem Fenster. Unten stand ein Polizist. Hatte man bei den Nachbarn eingebrochen?

»Hast du schon gehört?«, fragte ihre Mutter, als Indra nach unten kam. »Auf dem Gehweg hinter dem Haus ist ein Junge zusammengeschlagen worden. Er ist bewusstlos. Der Nachbar fand ihn, als er joggen ging.«

»Ein Junge...?« Noch nie war Indra so schnell draußen gewesen.

»Gehen Sie bitte ein Stück zurück«, sagte der Polizist. »Der Krankenwagen kommt.«

Indra schaute auf die Blutlache hinter dem Polizisten. Doch als er einen Schritt zur Seite ging, entfuhr ihr ein Schrei.

»Das ist Sander! Sie haben ihn zusammengeschlagen!«

17 Indra wünschte, es wäre alles nur ein böser Traum und sie würde im nächsten Moment in ihrem Bett aufwachen. Aber sie schlief nicht, sondern saß im Wartezimmer des Krankenhauses.
Schräg gegenüber war eine Tür und dahinter lag Sander, schwer verletzt.
Indra blickte hinüber zu dem Mann und der Frau, die ein paar Stühle weiter saßen. Sie waren kreidebleich. Das waren bestimmt Sanders Eltern. Indra wagte es kaum, sie anzusehen. Wie sollte sie ihnen alles erklären? Ja, Ihr Sohn kam heute Nacht zu mir. Er hat geglaubt, ich würde ihm helfen, aber ich habe ihn rausgeworfen. Ich war stinkwütend auf ihn und dann kann so was passieren. Er hat Sie anrufen wollen, aber ich habe ihn nicht gelassen. Jetzt liegt er hier, bewusstlos. Er hätte sich eben nicht mit diesem Emil einlassen dürfen.
Indra wusste nur zu gut, dass das Unsinn war. Wenn sie wirklich so dächte, würde sie hier nicht so aufgelöst sitzen und sie wäre ganz sicher nicht im Krankenwagen mitgefahren. Sie spürte ein Stechen im Magen, als sie an die Fahrt zurückdachte. Mit heulender Sirene war der Wagen durch die Stadt gerast. Sonst bekam sie immer ein beklemmendes Gefühl, wenn sie einen Krankenwagen mit Blaulicht sah, und jetzt hatte sie selbst dringesessen, neben Sander. Es war alles sehr schnell gegangen. Sie konnte sich noch daran erinnern, dass sie hinausgelaufen war und Sander

auf dem Boden hatte liegen sehen. Wieder kamen ihr die Tränen, als sie daran dachte.
Indra blickte zu Herrn Koper hinüber, der aufgestanden war und vor der Tür zum Behandlungszimmer unruhig auf und ab lief. Frau Koper saß schweigend da und starrte vor sich hin.
Ich muss es ihnen sagen, dachte Indra. Sie haben ein Recht darauf, zu erfahren, was passiert ist. Aber immer, wenn sie ansetzen wollte, verließ sie der Mut.
Sanders Eltern beachteten sie nicht. Sie hatten keine Ahnung, wer sie überhaupt war. Als sie nach einer halben Stunde noch immer nichts gehört hatten, setzte Herr Koper sich wieder neben seine Frau. »Zusammengeschlagen, Tanja. Unser Sohn ist zusammengeschlagen worden. Das Handy war völlig nutzlos.«
»Das hatte er nicht mehr bei sich.« Indra erschrak über sich selbst.
Sanders Eltern sahen sie überrascht an. »Warst du dabei?«
Indra nickte. »Sander stand heute Nacht plötzlich vor unserer Tür...«
»Dann musst du Indra sein«, sagte Herr Koper. »Was ist denn passiert?«, fragte er, als Indra nickte.
Indra blickte Sanders Eltern an und brach plötzlich in Tränen aus. »Es ist alles meine Schuld. Ich hätte ihn niemals wegschicken dürfen...« Das war das Einzige, was sie herausbringen konnte.
Indra versuchte, sich zusammenzureißen, und erzählte Sanders Eltern, was sie heute Nacht von Sander erfahren

hatte. Herr und Frau Koper konnten es nicht glauben. »Das ist unmöglich«, sagten sie immer wieder. »Es ist unmöglich, dass unser Sohn in so eine Sache verwickelt ist.«
Erst als Indra die ganze Geschichte noch einmal erzählte, schienen sie zu begreifen, was sich eigentlich abgespielt hatte. Sie waren noch immer ganz durcheinander, als sich die Tür zum Behandlungszimmer öffnete.
»Und?« Frau Koper lief auf den Arzt zu.
»Er ist noch nicht bei Bewusstsein«, antwortete der Arzt. »Die haben Ihrem Sohn ganz schön zugesetzt. Er hat eine große Wunde am Kopf und eine schwere Gehirnerschütterung. Sie können kurz zu ihm, doch dann gehen Sie am besten nach Hause. Wir rufen Sie an, sobald sich sein Zustand ändert.«
Indra sah, wie Herr und Frau Koper das Zimmer betraten und kurz darauf wieder herauskamen. Sie durften nicht lange bleiben. Der Arzt bat sie: »Kommen Sie bitte mit. Dann kann ich noch alle Angaben notieren.«
Indra blieb allein im Wartezimmer zurück. Sie konnte sich selbst nicht verzeihen. Sie haben Sander den Schädel eingeschlagen, das war alles, was sie denken konnte. Und dass es ihre Schuld war. Was sollte sie jetzt tun? Bevor sie nicht wusste, ob Sander wieder gesund würde, wollte sie nicht nach Hause gehen. Es war ihr egal, wie lange sie warten musste, sie musste das unter allen Umständen in Erfahrung bringen. Wenn sie zu Hause saß, würde sie es nie erfahren. Sanders Eltern würden ihr bestimmt nichts erzählen, jetzt, wo sie erfahren hatten, dass alles ganz allein ihre

Schuld war. Und dann würde sie warten müssen bis Montag in der Schule. So lange würde sie die Ungewissheit nicht aushalten.

Also blieb Indra im Wartezimmer sitzen und jedes Mal, wenn sich die Tür zum Behandlungszimmer öffnete, zuckte sie unweigerlich zusammen. An den Gesichtern der Krankenschwestern und Ärzte konnte sie nichts ablesen. Sie traute sich auch nicht zu fragen, aus Angst, weggeschickt zu werden.

»Du sitzt ja noch immer hier?«, sagte eine Krankenschwester, die aus Sanders Zimmer kam. »An deiner Stelle würde ich nach Hause gehen. Es kann noch einige Stunden dauern, bis Sander wieder bei Bewusstsein ist.«

»Das ist mir egal«, antwortete Indra.

»Wie du willst.« Die Krankenschwester beachtete sie nicht weiter.

Erst nach einiger Zeit ging die Tür zum Behandlungszimmer wieder auf und die Krankenschwester kam zu Indra hinüber. »Vielleicht kannst du uns helfen. Sander ist gerade wach geworden und er fragt nach jemandem. Er ist sehr unruhig und deswegen würden wir der Person gerne Bescheid geben. Ich wollte eigentlich gerade seine Eltern anrufen, aber da du noch hier sitzt, kannst du mir vielleicht weiterhelfen.«

»Nach wem fragt er denn?«

»Sagt dir der Name Indra etwas?«, fragte die Krankenschwester.

Indras Herz schlug schneller. »Das, äh . . . das bin ich. Sander ist mein Freund und wir hatten heute Nacht Streit.«

»Dann scheint es mir das Beste zu sein, wenn du kurz zu ihm gehst.« Die Krankenschwester hielt Indra die Tür zum Behandlungszimmer auf. Indra erschrak, als sie Sander dort liegen sah. Sein Kopf steckte in einem dicken Verband und auf seiner Wange war ein großer Bluterguss.

»Sander...«, flüsterte sie. »Es tut mir so schrecklich leid.«

Langsam öffnete Sander seine Augen. »Ich bin unschuldig«, sagte er. »Du musst mir glauben.«

Indra sah ihm an, dass er Schmerzen hatte.

»Schsss... Du darfst nicht sprechen. Ich glaube dir«, sagte sie leise. Während sie Sanders Hand streichelte, blickte sie in seine Augen. Natürlich bist du unschuldig, dachte sie. Sie verstand überhaupt nicht, wie sie so dumm hatte sein können, seine Worte in Zweifel zu ziehen. Sie beugte sich zu ihm herunter. »Ich liebe dich«, flüsterte sie. »Hörst du mich?«

Und sie drückte ihm vorsichtig einen Kuss auf die Lippen.

Sander sah Indra eindringlich an. »Ja«, flüsterte er und dann fielen ihm schon wieder die Augen zu.

Indra betrachtete Sander liebevoll, wie er dalag und schlief. Das ist das Wichtigste, dachte sie. Ich hab mich mit ihm versöhnt.

Da Sander wieder bei Bewusstsein war, fiel die ganze Anspannung von ihr ab und sie spürte, wie müde sie war. Am liebsten wäre sie nach Hause gegangen und hätte nur noch geschlafen. Aber das ging jetzt auf keinen Fall, sie musste noch eine dringende Sache erledigen. Sie musste zu Heike und ihr alles erklären. Sie würde ihr beichten müssen, dass sie gelogen hatte.

Indra fürchtete sich davor, ihrer Freundin unter die Augen zu treten. Heike würde stinksauer auf sie sein. Aber sie wollte es Heike selber sagen, bevor sie es am Montag in der Schule von jemand anderem hörte. Indra erwartete nicht, dass Herr Koekebier die Angelegenheit auf sich beruhen lassen würde. Er würde sie garantiert sprechen wollen. Aber daran wollte sie jetzt nicht denken.
Indra wäre gern noch einen Moment bei Sander geblieben, doch als die Krankenschwester mit Sanders Eltern hereinkam, stand sie auf.

Indra spürte, wie ihr Herz laut schlug, als sie durch Heikes Vorgarten ging. Sie wusste nicht mal, ob ihre Freundin ihr überhaupt zuhören wollte, und es würde sie nicht überraschen, wenn sie ihr die Tür vor der Nase zuschlug. Indra holte tief Luft und drückte auf die Klingel. Plötzlich fiel ihr ein, dass auch René ihr öffnen könnte. Zum Glück war Heikes Mutter an der Tür.
Indra ging die Treppe hinauf und sie überkam ein merkwürdiges Gefühl, als sie daran denken musste, wie häufig sie hier schon nach oben gelaufen war. Die Treppe war ihr fast so vertraut wie ihre eigene. Indra kam sich trotzdem wie ein Eindringling vor und klopfte an, bevor sie die Tür öffnete.
»Ja«, rief Heike gut gelaunt.
Als Indra die Tür öffnete, merkte sie, wie sie rot wurde, aber anscheinend fiel Heike das Wiedersehen auch nicht leicht. Sonst hatte Indra sich immer sofort auf Heikes Bett fallen

lassen, aber heute blieb sie im Türrahmen stehen. »Ich, äh ... ich muss dir etwas sagen.«

»Da kommst du ein bisschen spät«, meinte Heike. »Wer belügt schon seine beste Freundin?«

»Woher weißt du, dass ich gelogen habe?«, wollte Indra wissen.

»Ich weiß alles«, entgegnete Heike. »Auch, dass Sander zusammengeschlagen wurde. Sanders Eltern haben Koekebier angerufen und mein Vater war gerade bei ihm.«

»Ich hätte niemals schwören dürfen, dass er bei mir gewesen ist«, sagte Indra kleinlaut.

»Nein, ganz bestimmt nicht«, sagte Heike. »Was soll ich jetzt tun? Du warst meine beste Freundin. Ich weiß nicht, was ich denken soll, weißt du das? Vielleicht hast du mich schon jahrelang angelogen.«

Indra seufzte. Sie hatte geglaubt, Heike würde sauer sein, aber es war noch viel schlimmer. Sie hatte ihre Freundin verletzt. Und das würde sie niemals wiedergutmachen können.

»Wie soll es deiner Meinung nach jetzt weitergehen?«, fragte Indra. »Wenn du nicht mehr neben mir in der Klasse sitzen willst, gehe ich in die Parallelklasse. Für mich ist es dann auch einfacher. Es ist nicht gerade angenehm mitzubekommen, dass Dana meinen Platz eingenommen hat.«

»Wie kommst du denn darauf?«, wollte Heike wissen.

»Es sieht doch ganz danach aus«, erklärte Indra.

»Verstehst du es noch immer nicht?«, sagte Heike. »*Du* bist meine beste Freundin.«

»War«, verbesserte Indra. »Bis ich das Pfeiffer'sche Drüsen-

fieber bekam. Es war nicht schön, dass du mir nicht geglaubt hast.« Sie wendete sich ab, um nicht in Tränen auszubrechen. »Ich hör dann von dir, wie es weitergehen soll.«
»Was soll das denn? Willst du gehen?«
»Was sonst?«, entgegnete Indra.
»Ich hab keine Ahnung.« Auch Heike fing an zu weinen. »Ich will wieder deine Freundin sein, aber ich weiß nicht, ob ich dir vertrauen kann.«
»Wirklich nicht?« Indra blickte Heike ins Gesicht.
»Ach, natürlich weiß ich das. Es ist total blöd gelaufen. Ich kann Kranksein nicht ertragen. Ich weiß nie, wie ich mich verhalten soll. Schrecklich.«
»Du solltest Arzt werden«, sagte Indra. »Ich hör dich schon zu deinen Patienten sagen: ›Nein, Sie sollten nicht kommen, wenn Sie krank sind. Das ertrage ich einfach nicht.‹«
Zum Glück mussten beide lachen. Indra hatte nicht vor, ihrer Freundin eine lange Rede zu halten. Ernsthafte Unterhaltungen waren einfach nichts für Heike, mit Humor erreichte man viel mehr bei ihr.
»Montag machen wir uns einen netten Tag, einverstanden?«, schlug Indra vor.
»Das wird wohl nicht gehen«, sagte Heike. »Du hast drei Tage Schulverbot, das hat zumindest Koekebier verkündet.«
»Du machst Witze.« Doch Indra sah Heike an, dass sie die Wahrheit sagte. »Habe ich echt drei Tage Schulverbot?«
»Das kann dir doch egal sein«, meinte Heike. »Das passt doch auch ganz gut. Jetzt kannst du drei Tage an Sanders Bett sitzen.«

Das war wirklich eine sehr verlockende Aussicht. »Und dich nehm ich mit. Und du erklärst ihm, er solle sich nicht so anstellen. ›Was soll das denn heißen, ein bisschen Kopfschmerzen. Hopp, raus aus dem Bett, Verband vom Kopf und kein Gemecker mehr.‹«

»Ja, geht in Ordnung«, meinte Heike. »Und du ruhst dich jetzt erst mal ein bisschen aus.«

Indra sah ihre Freundin an und wusste, dass zwischen ihnen wieder fast alles in Ordnung war.

18 Sander öffnete die Augen. In seinem Kopf hörte er Indras Stimme, die zischte: »Verschwinde...«
Ich habe sie verloren... Ich habe sie für immer verloren. Sander griff nach seinem Kopf. Er spürte einen Schmerz, einen stechenden Schmerz, doch der Schmerz in seinem Kopf war größer, fast unerträglich. Er vermisste Indra. Wieder sah er sie vor sich, aber jetzt saß sie neben seinem Bett. Das kann doch nicht sein, dachte er. Wie komme ich bloß darauf? Sie hatte noch niemals neben seinem Bett gesessen. Es musste ein Traum sein. Er versuchte nachzudenken und allmählich kam die Erinnerung zurück. »Es tut mir so wahnsinnig leid. Ich glaube dir...«, hörte er Indra flüstern.
Wann war das gewesen? Wie lange lag er schon hier? Hatte Indra wirklich gesagt, dass es ihr leidtat? Plötzlich schien der Schmerz in seinem Kopf nachzulassen und verschwand ganz, als er sich daran erinnerte, dass sie noch mehr gesagt hatte. Das Schönste, was er sich vorstellen konnte: »Ich liebe dich...«
Wenn das stimmte, war vielleicht alles in Ordnung. Sie würde den anderen vielleicht nicht erzählen, dass er etwas mit der Rollstuhlbande zu tun hatte. Dann würde niemand davon erfahren, nicht mal seine Eltern. Aber war das wirklich wahr? War sie wirklich bei ihm im Krankenhaus gewesen?
Sander bekam Zweifel. Er spürte den Verband um seinen Kopf. Darunter hämmerte und klopfte es. Seine Gedanken überschlugen sich, vielleicht war sein Gehirn geschädigt

und er konnte nicht mehr zwischen Wirklichkeit und Fantasie unterscheiden. Aber das würde ja heißen, dass er verrückt geworden war.

Wenn er nur die Krankenschwester fragen könnte, ob Indra bei ihm gewesen war. Aber das hatte keinen Sinn. Wenn er wirklich verrückt geworden war, würden sie ihm in jedem Fall recht geben, damit er sich nicht aufregte und die Kopfwunde besser heilte. Er wusste nicht mal, ob er wollte, dass sie verheilte, mit diesem kaputten Gehirn darunter.

Wieder sah er Indra vor sich. »Ich liebe dich...«, hörte er sie flüstern. Und dann, was war dann passiert? Sander wusste es, er fühlte es genau. Er spürte Indras süße Lippen. Das konnte er sich doch nicht einbilden! Diesen herrlichen Geschmack konnte man sich einfach nicht einbilden. Das war doch der Beweis, sein Gehirn arbeitete noch einwandfrei. Indra war bei ihm gewesen und sie hatte ihn geküsst...

Indra ist bei mir gewesen, dachte Sander, hier in diesem Zimmer. Er wusste gar nicht, wie sein Zimmer überhaupt aussah. Er versuchte sich umzuschauen, doch von der Anstrengung tat sein Kopf nur noch mehr weh. Und dann sah er auch noch alles doppelt. Er schloss seine Augen und versuchte zu schlafen. Aber schon nach einigen Sekunden machte er sie wieder auf. War das nicht Emils Stimme im Flur? Ich bin völlig durcheinander, dachte Sander. Das ist unmöglich, aber einen Augenblick später hörte er die Stimme wieder. »Ich darf bestimmt kurz zu ihm«, klang es vom Flur. »Sander ist mein Bruder.«

Jetzt war Sander sich sicher. Draußen vor der Tür stand

Emil. Was wollte er hier? Sander glaubte nicht, dass er ihm einen normalen Krankenbesuch abstatten wollte. Wollte er ihm sagen, dass es ihm leidtat? Es konnte nur einen Grund geben, warum Emil ins Krankenhaus gekommen war. Er hatte Angst, dass Sander ihn verpfiff. Er war hier, um ihn ein für alle Mal zum Schweigen zu bringen. Voller Angst blickte Sander zur Tür. Hoffentlich ließ die Schwester ihn nicht herein.

»Na gut«, hörte er sie antworten. »Du darfst zu deinem Bruder, aber nicht lange, er ist noch sehr schwach.«

Er ist nicht mein Bruder, wollte Sander rufen. Er darf hier nicht rein! Aber dazu kam er gar nicht, denn wie durch einen Schleier sah er plötzlich Emil im Türrahmen stehen. Sander hielt den Atem an, als er näher kam.

»Was willst du von mir?« In dem Moment, als er die Frage aussprach, durchfuhr ein schmerzhafter Stich seinen Kopf. Er hatte den Finger schon auf dem Alarmknopf, doch Emil schlug seine Hand weg.

»Du solltest dich nicht so aufregen, Bruderherz. Das ist nicht gut für dich. Ich bin nur hier, um dein Gedächtnis ein bisschen aufzufrischen. Wie furchtbar für dich, dass Maarten und Chris dich zusammengeschlagen haben. Das hast du sicher nicht von ihnen erwartet, was? Da sieht man mal, wie man sich in seinen Freunden täuschen kann. Ich werde dafür sorgen, dass die zwei ihre gerechte Strafe erhalten. Nein, du brauchst dich nicht bei mir zu bedanken, das kann man von seinem Bruder doch wohl erwarten.«

Glaubte Emil wirklich, dass er Maarten und Chris für seine

Taten verantwortlich machen würde? Wenn Maarten und Chris ahnten, was Emil vorhatte! Sander bezweifelte, ob sie ihn dann noch so klasse finden würden. Wenn sie doch nur auf ihn gehört hätten.

»Du kannst erzählen, was du willst«, sagte Sander, »aber da spiele ich nicht mit.«

»Ich dachte, du bist in diese Indra verknallt«, antwortete Emil. »Du möchtest doch nicht, dass ihr was passiert?«

»Du lässt deine Finger von ihr«, entgegnete Sander.

»Das hängt allein von dir ab«, erklärte Emil freundlich. »Hör mir gut zu, wir haben zusammen die Polizei gerufen. Wenn wir das nicht getan hätten, wäre der Junge vielleicht tot gewesen. Denn Chris hat nicht aufgehört zu treten, erinnerst du dich? Und Maarten war auch nicht zu stoppen. Wahrscheinlich lag das an dem Alkohol. Wir haben sie noch gewarnt, aber sie mussten die Flasche ja unbedingt austrinken. Ja, und dann passieren solche Sachen, nicht wahr?«

Am liebsten hätte Sander Emil eine runtergehauen, aber er hatte kaum die Kraft, seine Hand zu heben.

»Also keine Scherze«, warnte ihn Emil. »Es ist so passiert, wie ich gerade gesagt habe. Maarten und Chris tragen die alleinige Schuld. Das wirst du dir wohl merken können, oder? Ich hab schon ein paar Freunde organisiert, die für ein paar Kröten für uns aussagen wollen. Und dann wird niemand jemals erfahren, was wirklich passiert ist.«

»Das hast du dir so gedacht.« Die Krankenschwester drückte die Tür auf. »Nur leider habe ich alles gehört.«

Emil wurde plötzlich panisch; er drehte sich um und rannte

los. Was dann passierte, bekam Sander nicht mehr mit. Er hörte nur, wie die Krankenschwester mit dem Piepser Hilfe herbeirief.

Indra war auf dem Weg zum Krankenhaus. Sie wollte Sander erzählen, dass sich zwischen ihr und Heike alles wieder eingerenkt hatte. Und dass sie ihm volle drei Tage im Krankenhaus Gesellschaft leisten konnte, weil sie Schulverbot bekommen hatte.
Ahnungslos stand sie vor dem Eingang und musste feststellen, dass alle Türen verschlossen waren. Es warteten noch andere Menschen draußen. Keiner wusste, was los war.
»Bestimmt ein Stromausfall oder so was«, sagte ein Mann.
»Sehen Sie sich das an!« Eine Frau deutete in die Eingangshalle des Krankenhauses. Wenn Indra gewusst hätte, dass es Emil war, der da zum Eingang rannte, hätte sie bestimmt nicht einfach so ruhig dagestanden und gewartet.
Als Emil merkte, dass er nicht durch die Tür konnte, drehte er sich blitzschnell um und rannte zurück. Mittlerweile waren aber auch die Zwischentüren geschlossen worden. Emil trat wütend dagegen, aber das half ihm nichts.
»Der hat bestimmt etwas geklaut«, meinte ein Mann.
»Keine Ahnung«, erwiderte eine Frau. »Aber es sieht nicht danach aus, als ob er jemandem einen Krankenbesuch abstatten wollte.«
Die Menschen an der Tür erschraken, als sie die Sirene hörten. Nun ging alles ganz schnell. Ein Polizeiwagen hielt vor dem Krankenhaus und vier Polizisten sprangen aus dem

Auto. Als sich die Türen öffneten, um die Polizeibeamten hereinzulassen, versuchte Emil zu flüchten, aber schon hielten zwei Polizisten ihn fest. In Handschellen wurde er abgeführt.

»Ihr habt den Verkehrten erwischt!«, hörte Indra ihn schreien. »Die Krankenschwester lügt, ich habe Sander nicht zusammengeschlagen. Fragt ihn doch selbst.«

Erst jetzt wurde Indra klar, dass es Emil war, und starr vor Schreck fragte sie sich, was er im Krankenhaus gewollt hatte. Als die Türen endlich aufgingen, betrat sie als eine der Ersten die Eingangshalle. Sie wollte den Fahrstuhl nehmen, doch der schloss sich direkt vor ihrer Nase. Indra hatte keine Zeit zu verlieren und so rannte sie, zwei Stufen gleichzeitig nehmend, die Treppe hinauf. Außer Atem erreichte sie die fünfte Etage. Sie öffnete die Zimmertür, aber Sander war nicht da. Indra wurde blass. Emil hatte Sander doch nicht ... Sie musste wissen, was passiert war, und sprach eine Krankenschwester an. »Wo ist Sander?«

»Sander liegt im Krankensaal«, antwortete die Schwester. »Er fühlt sich sicherer bei den anderen Patienten.«

Vor Erleichterung vergaß Indra, nach der Zimmernummer zu fragen. Während sie den Flur entlanglief, las sie die Namen an den Türen. Erst an der letzten entdeckte sie Sanders Namen. Behutsam öffnete sie die Tür und ging leise zu seinem Bett. Sie wollte ihn nicht wecken, aber Sander schien zu merken, dass Indra neben ihm stand. Für einen Augenblick öffnete er die Augen. »Sie haben ihn ...«, flüsterte er. »Sie haben Emil festgenommen.«

19 Sander lag seit einer Woche im Krankenhaus, doch glücklicherweise ging es ihm schon wieder etwas besser. Vor allem, seit er wusste, dass seine Eltern nicht böse auf ihn waren. Sie hatten ihm geglaubt, als er ihnen berichtet hatte, wie sich alles abgespielt hatte. Er konnte jedoch merken, wie enttäuscht sie waren, dass er sie nicht ins Vertrauen gezogen hatte. Jetzt fand Sander das auch ziemlich dämlich, doch daran ließ sich jetzt nichts mehr ändern. Er war einfach froh, dass er nicht mehr verfolgt wurde.
Der Junge, den Emil und sein Freund unter der Unterführung zusammengeschlagen hatten, hatte ausgesagt, dass Sander versucht hatte, Emil zurückzuhalten. Das hatte der Polizei nicht gereicht, doch zum Glück hatte die Schwester des behinderten Jungen ihn wiedererkannt. Sie hatte sich noch gut daran erinnern können, wie fassungslos er dagestanden hatte, als Emil den Rollstuhl umgestoßen hatte. Und dass er versucht hatte zu helfen, doch von Emil einfach mitgezogen worden war. Das hatte dann auch die Polizei von seiner Unschuld überzeugt.
Emil saß noch immer in Haft und auch Maarten und Chris waren verhört worden. Sander hatte keine Ahnung, mit was für einer Strafe sie rechnen mussten, aber das war ihm im Moment egal. Er wollte nie wieder etwas mit ihnen zu tun haben.
Die Wand an Sanders Bett war bedeckt mit Karten seiner Klassenkameraden. Tom, Claas und Oliver waren bereits

zweimal im Krankenhaus gewesen. Gestern hatte Tom ihn gefragt, ob er Lust hätte, zu viert zum Campen zu fahren. Sander hatte sofort Ja gesagt.
»Na, dann steh jetzt auf«, hatte Tom gemeint. »Wir fahren sofort. Soll ich deinen Verband schon mal abmachen?«
Die Schwester, die gerade etwas zu trinken gebracht hatte, war ganz erschrocken gewesen, aber Sander musste grinsen. Nur Tigo konnte er nicht ertragen, der Schafskopf war auch einmal mitgekommen.
»Weißt du, was ich nicht verstehe...«, hatte er angefangen. Oh, bitte nicht, hatte Sander gedacht. Jetzt kommt bestimmt wieder ein dummer Spruch. Und Sander hatte richtig geraten.
»Warum hast du eigentlich nicht eingegriffen, als Emil den Rollstuhl umgestoßen hat?«, kritisierte Tigo. »In der Schule haben sie gesagt, dass du dich nicht getraut hast, aber das kannst du mir doch nicht weismachen.«
Normalerweise hätte Sander versucht, alles aufzuklären, aber dazu hatte er mittlerweile keine Lust mehr. »Wenn ich mutiger gewesen wäre, hätte ich auch dir längst meine Meinung gesagt«, hatte er Tigo zur Antwort gegeben. Tom hatte anerkennend den Daumen hochgehalten und Tigo hatte die restliche Besuchszeit über nichts mehr gesagt.
Sander blickte hinüber zur Uhr. Indra würde gleich kommen. Sie kam fast jeden Tag vorbei. Nur gestern nicht, da war sie wieder ganz gelb geworden von ihrem Fieber und hatte zu Hause bleiben müssen. Dafür hatte sie abends angerufen.

Sander war froh, dass er ein eigenes Telefon an seinem Bett hatte. Über eine Stunde hatten sie miteinander geredet, auch wenn er nicht mehr genau sagen konnte, worüber sie sich unterhalten hatten. Er wusste noch, dass Indra gefragt hatte, wie er ihre neue CD fand, die sie für ihn gebrannt hatte. Sander fand sie megaklasse. Er konnte noch kurz reinhören, dann würde die Zeit schneller umgehen. Er nahm seinen Walkman aus seinem Nachtschränkchen.

»Wie war's in der Schule?«, fragte Sander, als Indra kam.
»Ging so«, antwortete sie. »Ich hab mich bei der Redaktion der Schulzeitung beworben. Tigo und Peter haben aufgehört und jetzt sind zwei Plätze frei geworden. René hat sich ebenfalls beworben.«
»René? Heikes Bruder?«, fragte Sander.
»Ja«, sagte Indra. »Ist das schlimm?«
»Aber der ist doch in dich verliebt?«
»War«, verbesserte Indra ihn. »Es ist vorbei. Er ist jetzt hinter Dana her. Das ist doch praktisch.«
Indra tat, als wäre es die normalste Sache der Welt, dass René sich jetzt für eine andere interessierte. Das verunsicherte Sander und er hoffte, dass ihr Gefühl für ihn nicht auch so schnell abkühlte.
»Soll ich dir was vorlesen?« Als Sander nickte, schlug Indra das Buch auf. Sander mochte es, wenn Indra ihm vorlas, dann wurde er wenigstens nicht so schnell müde.
Er hatte bisher immer interessiert zugehört, aber heute war er zu unruhig. Er musste ständig an René denken, der sich

schon wieder in eine andere verliebt hatte. Er musste es wissen, er musste wissen, wie es um sie beide stand.

Indra merkte, dass Sander mit seinen Gedanken ganz woanders war. »Möchtest du, dass ich weiterlese?«

»Ja, natürlich«, antwortete Sander. »Aber, äh ... ich habe vorher noch eine Frage. René ist schon wieder in eine andere verliebt. Bist du denn überhaupt noch verliebt?«

»In René?«

»Nein«, sagte Sander. »In mich.«

Indra schüttelte den Kopf. »Tut mir leid, ich würde nicht sagen, dass ich in dich verliebt bin.«

»Was?« Sander war ziemlich erschrocken.

»Du willst doch nicht, dass ich dich anlüge?«, fragte Indra.

»Du bist also nicht mehr in mich verliebt?« Sander wurde rot.

»Nein, verliebt bin ich nicht. Ich bin total verrückt nach dir!«

Indra beugte sich zu ihm hinunter und küsste ihn vorsichtig.

Carry Slee

Tanz im Rausch

Als Melissa das Angebot bekommt, in einem Musikclip mitzuspielen, ist sie begeistert. Es stört sie nicht, dass einige Mittänzer bei den Proben Ecstasy-Pillen schlucken, und die Warnungen ihres Freundes Jan tut sie als spießige Eifersucht ab. Doch bald merken ihre Freunde, dass sie sich verändert offensichtlich unter dem Einfluss der Droge. Und eines Tages ist sie verschwunden, einfach untergetaucht. Jan macht sich auf die Suche. Der Roman stand monatelang an der Spitze der holländischen Bestsellerlisten.

208 Seiten. Taschenbuch.
ISBN 978-3-401-02708-1
www.arena-verlag.de

Carry Slee

Schrei in der Stille

Schule kann so viel Spaß machen – aber Schule kann auch ganz schrecklich sein. Und das ist sie für Jochen, der nicht nur pummelig, sondern richtig fett ist und deshalb von seinen Mitschülern grausam geärgert wird. Nicht ganz so schlimm, aber schlimm genug ist sie für David, der zu wenig Mut hat, Jochen zu helfen. Außerdem ist er unglücklich verliebt und das beschäftigt ihn mehr als alles andere. Leider zu spät, nämlich erst als Jochen den schrecklichsten aller Auswege nimmt und sich umbringt, wacht David auf und lernt, sich zu wehren und andere zu verteidigen. Und er findet noch mehr Schüler, die mitmachen.

183 Seiten. Taschenbuch.
ISBN 978-3-401-02712-8
www.arena-verlag.de

Torsten N. Siche
Keine Party, kein Kribbeln im Bauch

Elmar träumt davon, dabei zu sein. Dabei zu sein im richtigen Leben. Mädchen, Rauchen, Saurauslassen, so stellt er es sich vor, das richtige Leben. Aber als er dann in der coolsten Clique am Platz aufgenommen wird, steht er bald vor einer folgenschweren Entscheidung...

„Keine Party, kein Kribbeln im Bauch" ist die Geschichte eines normalen Jugendlichen, der zum Mitläufer wird. Es ist eine Geschichte darüber, wie sehr die Sehnsucht nach Gemeinschaft und Anerkennung Jugendliche unter Druck setzen kann. Authentisch und fesselnd erzählt Thorsten N. Siche in seinem Debütroman über Gruppenzwänge und Zivilcourage. Nah dran!

192 Seiten. Taschenbuch.
ISBN 978-3-401-02729-6
www.arena-verlag.de

Elle van den Bogaart

Nicht laut genug

Der achtlos hingeworfener Motorroller am Straßenrand, eine erstickte Mädchenstimme aus dem Wald – Isis ist sicher, dass dort hinter den Bäumen gerade etwas Schreckliches passiert! Sie traut sich nicht anzuhalten, aber der Täter hat sie gesehen – und dann ist er plötzlich hinter ihr her ... Zitternd verkriecht sie sich zu Hause: Muss sie jetzt immer Angst haben? Und was ist mit der anderen? Hätte sie nicht helfen müssen, anstatt abzuhauen? Isis muss mit jemand reden – aber wem kann man so etwas überhaupt erzählen? Die sensibel erzählte Geschichte zweier Mädchen, die nach einem furchtbaren Erlebnis gemeinsam mit Freunden, Eltern und Lehrern ins Leben zurückfinden.

192 Seiten. Taschenbuch.
ISBN 978-3-401-02725-8
www.arena-verlag.de